创意写作书系

【美】迈克尔·布劳特
(Michael Breault)
著

许道军　孙小洋
译

游戏故事写作

中国人民大学出版社
·北京·

“创意写作书系”顾问委员会

致　谢

非常感谢我忠实的评论员：玛丽·布劳特（Mary Breault）（一如既往，我的第一任编辑）、克里斯·布劳特（Chris Breault）、亚当·科根（Adam Cogan）和詹姆斯·马卡拉佛（James Macanufo）。

前言

关于我

在你花时间和精力阅读此书之前，你应当了解一下它是谁写的。我从事游戏工作已经 35 年了，在那段时间里，我参与了 90 多款模拟游戏（棋盘游戏、纸牌游戏和桌面角色扮演游戏）以及将近 40 款电脑和视频游戏的设计工作。我从 1984 年开始在游戏公司 TSR 工作，从事《龙与地下城®》和《进阶龙与地下城®》游戏，以及冒险类游戏、棋盘游戏、精装书和纸牌游戏的开发，总共超过 90 种。1987 年，我参与设计了我的第一款电脑游戏《光辉之池》。1989 年，我离开 TSR，成为一名自由职业者，从那以后几乎一直从事数字游戏的设计工作，尽管最近我又回到了模拟游戏中。我既是一名叙事设计师又是一名游戏设计师，通常都在同一个项目中工作。我的出版物列表，请参见附录 A。

在过去的几年里，我一直在几所大学教授叙事和游戏设计，目前就职于圣路易斯的韦伯斯特大学。基于叙事设计师和游戏设计师在游戏开发过程中日常执行的任务，我创建和教授了上述课程，我想让学生们真正了解游戏行业的作家和设计师所做的工作。学生们为这些作业投入的创造力和热情令人兴奋。这本书将帮助教师和学生学习更多有关游戏设计和叙事设计的知识，业内人士可以借助本书打磨他们在这些领域中的技能。

经常有人问我是如何进入游戏行业的，我总是说这一切都归功于芝加哥小熊队（Chicago Cubs），这让一些人很吃惊。事情是这样的。我上大学时主修物理学和天文学，后来又在印第安纳大学取得了天体物理学博士学位。几年后，我意识到天文学不适合我，我也不适合它。为了寻找一份适合我的工作，我离开了那里，在当地一家政治观点杂志《美国观察家》（*The American Spectator*）做实习编辑。那本杂志每年举办一次芝加哥小熊队的户外活动，我和妻子玛丽去了，在芝加哥待了一夜，第二天早上买了一张《星期日论坛报》（*Sunday Tribune*）。玛丽在报纸上看到了TSR招聘游戏编辑的广告，我便申请了这份工作，并且得到了它，然后就走上了这条道路。没错，芝加哥小熊队让我进入了游戏行业。

你的职业生涯可能会发生一些奇怪的转变，我的经历充分证明了这一点。要对有趣的道路保持开放的态度，因为你永远不知道它们会通向哪里。

关于这本书

我作为叙事设计师、游戏设计师和大学教授的经历奠定了本书的基础，我想把这些年来我学到的经验传授给任何对编写和设计游戏感兴趣的人，这本书就是对这些实用技艺的介绍。我们将研究叙事设计师做什么，以及他们如何做和为什么这么做。我们将探索游戏设计的合作性，了解设计师在开发过程中如何与团队中的其他人互动。这项工作的具体细节包含在附录 C 的作业中。

我们不会讨论叙事哲学、叙事学和游戏学，或其他属于理论与学术领域的问题。这本书着重于解决实际问题，而不是理论问题，很多其他书都关注后者。在这里，我们将帮助读者发展进入游戏行业所需的技能和创意，或在已有能力的基础上提升自己。

虽然本书的大部分内容是在讨论数字游戏的编写和设计，但本书也涵盖了模拟游戏，部分章节将对数字和模拟领域的游戏故事写作工作进行比较。它们的具体流程往往不同，但设计师在这两个截然不同的游戏行业中所做的工作是密切相关的。第 10 章完全集中于模拟游戏的编写和设计任务。

目标受众

• 对于学生：学生可以将这本书作为对自己老师传递的信息的补充。每章的内容都传递了游戏设计和角色设计的基础知识，附录 C 中的作业为学生提供了一个机会，即将这些知识与自己的独创性结合起来，以展示他们的设计技巧。

• 对于教师：在高中和大学教授游戏设计和叙事设计相关课程的教师可以将本书作为其课程和学生的有益资源。章节中的信息提供了学生可以自行吸收的补充内容，而附录 B 中的课程教学大纲可用于构建或完善游戏设计和叙事设计课程。附录 C 中的作业和模板为教师提供了现成的课后作业内容，旨在激发学生的创造力。许多任务都是协作性的，团队合作几乎是所有游戏开发工作的关键。

• 对于刚上道的新手游戏设计师和叙事设计师：任何想要进入游戏行业的人都会在学习过程中找到很多建议，每章都给出了关于游戏开发的一个或多个方面的详细信息。附录 C 包含作业和模板，以启发读者开发能够吸引游戏公司注意力的作品。这些年来，我参与了很多招聘决议（无论是作为面试官还是作为面试者），我知道游戏公司在寻找什么。

• 对于那些已经在游戏行业工作的人：这本书中的信息和任务可以帮助他们扩展和完善他们的作品，增加职业发展的机会。

• 对于游戏迷：这本书也会让那些关注游戏行业的人感兴趣，他们不仅仅把游戏行业看作一种职业，也看作一个吸引了全球数十万人的有趣的新领域。当你读完这本书的时候，游戏行业如何运作以及游戏如何制作，应该会变得很清楚。

目　录

第 1 章 什么是叙事设计？

作家 VS 叙事设计师

叙事设计师是嵌入游戏开发团队的作家。“嵌入”一词至关重要。在一个项目结束时，被雇用了一两个月、通过远程工作来润色对白的员工并不算得上是一名真正的叙事设计师。他是一名脚本医生，在最后被叫来给字母“i”加上点、把字母“t”上面的一横写出来。从第一个概念的出现到游戏正式出版，叙事设计师是团队和项目不可或缺的组成部分。叙事设计师对游戏的故事以及如何使其与游戏玩法相结合以提供预期的玩家体验有着巨大的影响。为了正确地完成这项工作，你需要从头到尾与团队的其他成员在一起。

把一名叙事设计师想象成一位作家，他也从事游戏设计，他的工作与游戏开发团队中其他人的工作有交叉。或者把叙事设计师想象成写作的设计师。在这本书中，我有时会交替使用“作家”

和“叙事设计师”，主要出于多样性考虑。

反正都是术语。不同的公司用不同的名字来称呼这个职位，我的官方头衔因叙事设计师、作家、游戏作者、设计师、游戏设计师、故事设计师、高级叙事设计师、高级游戏设计师、首席叙事设计师等而五花八门。这个职位没有标准的称谓，就像从事这个工作的人的职责范围内没有一套标准的任务一样。叫什么完全取决于你工作的公司、你所在的团队和项目，以及各自的需求。

与创作小说或电影剧本的作家不同，叙事设计师需要戴上各种帽子（就像许多其他的游戏开发者一样）。把自己想象成一名写东西的设计师，这可以帮助你意识到你的很多工作都是游戏设计，里面有很多写作任务。很多时候，尤其是在小公司和小团队中，叙事设计师就是团队中写作能力最强的人。这个人可能主要是游戏设计师、声效设计师、程序员、动画师、美术设计师、创意总监（CD）等，但除此之外，他们还承担着叙事设计师的写作任务。

与其他媒体中的作家不同，叙事设计师正在创造互动体验，玩家是互动体验的积极参与者。当你把玩家行为加入你的故事中时，存在于其他媒体中的故事的线性情节就消失了（或者应该消失）。这需要一种更灵活的故事创作方法。

作为一名叙事设计师，在游戏的前期制作阶段，你需要编写大量文档。你在这个阶段所进行的写作将成为整个开发团队的参考，并将有助于确定游戏的基调和结构。在工作中，你不仅要编写对白和游戏中的文本，还经常会发现自己要编写脚本以及承担其他面向设计的任务。你将与团队中的每一位成员进行互动，因为游戏故事影响着游戏的方方面面以及团队中的每一项决定和每一项行动。

我们将在本书后面的部分讨论开发人员和设计团队，包括叙事设计师与团队其他成员互动的多种方式，但现在，让我们先看看叙事设计师自己做了什么。

叙事设计

如果说叙事设计是叙事设计师的谋生之道，那么他究竟要干什么？事实证明，有很多事情。我们可以将叙事设计师的任务分为三类：

写作

游戏中所有的文字写作任务都直接落在叙事设计师的肩上。这不仅包括玩家在游戏中可能看到的所有对白和文本，还包括游戏中的所有故事元素。不同团队成员通常在开始设计美术、动画、游戏、世界观等内容时得到相关指示。

很多时候，叙事设计师会被分配承担（或自愿承担）许多需要在游戏开始制作前完成的写作任务，以便为执行阶段打下一个坚实的设计基础，而执行阶段是游戏实际被创造出来的阶段。这些任务包括完成概念文档、游戏设计文档、关卡或区域设计文档、向上级管理层演示的脚本，以及在前期制作时团队需要的任何其他文字。

一旦开始正式制作，叙事设计师就需要开始编写角色对白、游戏中的注释和记录文本，以及承担其他与写作相关的任务。通常，编剧和游戏设计师会在游戏中放置对白的初稿，确保它们在适当的时候传达与游戏玩法相关的内容。叙事设计师的工作是找到并编辑所有这些台词，确保它们符合游戏基调和角色的说话语气。

在许多项目中，一个游戏开发团队有一个独立的角色设计师，但有十几个或更多的设计师（编剧、游戏设计师、关卡设计师）负责将对白和故事相关内容添加到游戏的每个部分中。理想情况下，叙事设计师可以追踪其他人添加（或修改）到游戏中的所有文字，并为它们最终把关。随着项目接近最后期限，团队通常会疯狂地赶工期，添加内容，而叙事设计师必须手忙脚乱地从脚本的这一部分切换到另一部分，查讹补漏，四处救火。

编写动画脚本是叙事设计师的另一项职责。这些迷你动画分散在大多数游戏的开头、结尾以及情节的各个转折点。游戏开发团队使用动画技术来传达在游戏过程中难以呈现或不可能呈现的故事、事件或信息。它们可以是迷你动画，比如《生化奇兵》开始时玩家的飞机坠毁的动画，也可以是半互动的场景，比如几分钟后乘电梯进入水下极乐城——它们都包含由叙事设计师编写的表达游戏主题的叙事。（更多关于动画脚本的叙事设计作业，见附录C。）

游戏在制作过程中可能会发生巨大的变化。初代《红色派系》游戏的开局关卡被扔掉了，在离游戏发布只有三周时完全重做。在第二款《红色派系》游戏的制作过程中，由于只剩下几个月的时间，一整个关卡（游戏的十三分之一）被删除，因为我们意识到我们没有时间完成它。动画脚本也会发生巨大的变化。游戏动画脚本的初稿通常是在前期制作时创建的，之后我们会重新编写它，以适应故事和游戏玩法的变化。有时，在前期制作过程中，只需编写动画预期内容的大纲；等游戏的故事和设计到位，才会制作完整版本。

随着游戏的架构在制作过程中固化，以及动画需要传达给玩家的故事和游戏玩法信息变得更加广为人知，就可以编写更完整的动画脚本了。创意总监和开发团队内其他领域的负责人将对其进行审查，这些反馈将促使脚本进一步细化。

当一个动画脚本被创意总监和项目负责人批准并开始落地时，概念设计师就会创建故事模板，按照脚本内容逐一草拟分镜。这版分镜会根据审核意见被多次修改，直到负责人认为可以继续推进，然后动画组才会制作第一版样片，如有需要，叙事设计师会对样片进行反馈甚至重构。动画设计组会持续将成片的质量优化到相关人员都认可的程度。

如果一款游戏中有语音对白，叙事设计师将面临更多的挑战，制作末期还要创建录音脚本，这意味着需要按照各个角色将数千或上万句台词整理成录音脚本。每个角色的台词——无论它们出现在游戏何处——都需要被整理成单独的文档或电子表格中独立的切页。文档中提供的信息有助于配音演员在不了解游戏的情况下想象角色所处的情境，更好地理解台词。游戏中的每个动画都有自己的录音脚本（每个配音演员一个），并突出显示每个角色的台词。

完成录音脚本后，叙事设计师将前往录音室，通常与音频总监和音频技术员一起，进行对白录制指导。音频技术员记录和保存每句台词反复机械录制的过程，音频总监则监听语音问题。叙事设计师的职责是指导配音演员的表演，决定在游戏中使用哪一句对白，因为没有人像叙事设计师那样了解游戏对白的情感和背景。

录音环节结束后，团队的音频设计师会努力将经审核通过的对白融入游戏中。然后，叙事设计师需要试玩游戏，听对白台词，并指出任何玩起来不正确或有其他问题的地方。

音频工作计划中经常会有改进环节，很像电影制片厂的“重拍”。几周后，游戏有了改进，或者发现对白有瑕疵，就要召回配音演员重新录制。但要尽可能避免大动干戈，因为这些环节费用昂贵，但为确保游戏对白质量，又不得不如此。

设计

游戏叙事设计师的大部分工作属于设计领域。在前期制作阶段，他为游戏开发奠定基础，通常负责编写游戏设计文档，创建关卡或区域设计文档的初始版本，并将故事分解成玩家在游戏中遇到的特定事件、背景和情境。这些设计任务与游戏故事紧密相连，叙事设计师通常做起来也得心应手。

一旦开始正式制作，叙事设计师就要承担起与游戏故事相关的脚本写作任务，包括设置游戏角色，编写他们与其他角色以及和玩家的互动脚本，为玩家编写可以在游戏中查找并阅读的笔记与简短的文字，以及展开对话，向玩家传达游戏剧情。大多数游戏开发团队都有一组专门从事脚本编写的设计师，他们通常需要处理脚本编写工作，包括设置对白以及玩家可以与之互动的角色。

互动与合作

游戏开发团队中的每个人都需要与该团队中的其他人进行互

动，游戏开发离不开人际协作。由于游戏故事影响着游戏开发的方方面面，叙事设计师每天都会与团队中的大多数成员进行互动。他们与游戏设计师讨论故事、角色和事件将如何在游戏中呈现，与角色设计师讨论如何展现由他们创造的角色，与声效设计师讨论游戏的声音场景。他们同样与团队中的所有其他成员在各个项目中进行互动，有时一天多次。

根据我自己的经验，你每天大约有三分之一的时间花在与其他团队成员合作的游戏项目上。你可能会注意到，在游戏的某个部分，对白台词没有正确播放，你得去和脚本编写者或声效设计师谈谈。或者，你也可以和其他人一起围坐在动画设计师的椅子旁观看最新版本的开场动画。无论是与其他开发人员讨论特定问题，还是与团队成员开展头脑风暴，或是临时聚在一起讨论游戏及其总体进展，这些互动都是推动游戏发展的强大引擎。

在我从事游戏行业的这些年里，我慢慢意识到了这些人际关系的重要性。从椅子上站起来，走过去和别人交谈，不仅是解决问题的最佳方式，也有助于建立你在行业中的人际关系网。与同事交流时不妨直截了当，如果你通过电子邮件或更随意的团队平台（如 Slack）去沟通，反而会造成冒犯或困扰。当我负责《德军总部》（2009）这一游戏的设计工作时，我注意到：当我向墙上的一个点发射自动步枪子弹时，子弹在光标瞄准的位置形成了一个完美的圆圈，而不是随机散布的弹孔。把一个有点恼火的设计师拖到我的办公桌前，并把这个指给他看，比任何电子邮件都能更好地表明这个问题。我逐渐学会了站起来直接与人交谈，以避免误解，这种直来直去的沟通方式能给你的工作带来意想不到的效果。

这些互动和协作需要叙事设计师（以及游戏团队中的其他人）发展软技能。我们将在第 7 章中更多地讨论这些技能，但现在只是说，这些人际交往技能使我们能够作为一个团队一起工作，通过对话解决分歧，折中以实现共同目标，并为项目的利益而劲往一处使。许多开发人员在职业生涯中都受困于沟通能力不足，对于他们来说，花大把时间与精力去改进这一能力并不罕见。任何时候，当你与其他团队成员发生负面互动时，请将其视为反思和发展软技能的机会。

叙事设计任务

下面列出了叙事设计师经常需要完成的任务。你必须处理其中的哪一项取决于你的技能和项目的需要。

创建设计文档	与动画师合作
成为创意总监的负责人	与工程师合作
头脑风暴	与本地化人员合作
保持创意总监的想象	与声效设计师合作
浏览整个游戏	临时录制对白
写游戏故事	帮助选择配音演员
创造角色	指导声效环节
编写对白	选择对白的最佳版本
写动画脚本	确保游戏脚本中有正确的旁白
与设计师合作	游戏测试

上述每项任务都有自己的修订环节。作品初始版本被创建后，

创意总监和相关项目负责人对其审查，反馈意见将被纳入下一次迭代工作中。初步审查通过后，作品进入游戏测试环节，团队中的其他部门以及游戏测试团队提供反馈，修订工作继续推进。接下来，专题小组和外部测试人员给出建议，进一步完善作品。

我们将在本书后面更详细地阐释叙事设计师的工作。现在，再看一下上面的列表，你会发现一些总体趋势。一是大量的设计任务落在了叙事设计师的肩上，肩负使命的人应该真正把自己看作设计师和作家。另一个趋势是，叙事设计师的大部分工作涉及与团队其他成员的互动。写作和设计不是叙事设计师需要学习的唯一技能，第 7 章中概述的软技能对你的游戏开发生涯至关重要。

第 2 章
什么是游戏设计？

现在让我们谈谈游戏设计的基础知识。游戏设计和叙事设计是如此紧密地交织在一起，这本书将涵盖每个项目的各个方面，以及它们之间的互动。

思考游戏设计有多种方式。以下是我在课堂上描述游戏设计的三种方式，其中至少有一个能够与你产生共鸣，有助于指导和影响你的设计工作。

游戏设计定义 #1

> 游戏设计是打造玩家体验的艺术。

让我们把它分解一下。

首先，我们不要争论游戏设计是否是一门艺术。就我而言，任何有智慧的生物从事的创造性活动都算作艺术。如果这不符合你对艺术的定义，那没关系，听我继续讲。

游戏设计也是一门技艺。这是一项技能，你只有通过大量的实践和得到比你更擅长的人的大量帮助才能掌握。游戏设计肯定有一个从学徒到熟练工再到大师的层次体系，许多公司在员工排名中明确指出了这一点。我见过几家公司设有初级设计师、设计师、高级设计师和首席设计师。其他公司对该领域或其他领域同样进行了分级。新设计人员从一级设计师起步，可以通过 10 年或更长时间晋升到五级设计师。

当人力资源主管在你上班的第一天把你带到工位上时，你左边可能是一位已经从事这份工作 20 年的女士，你右边可能是一位已经工作了 10 年的男士。在接下来的三个月里，你将从他们身上学到比你在大学四年课程中学到的更多的东西。这就是为什么游戏设计是一门技艺——你可以通过实践来学习，也可以通过与比你更有经验的人一起实践来掌握。

不过，第一个定义中最重要的元素是关于玩家体验的部分，这决定了游戏设计的一切。你希望玩家从你的游戏中得到什么，你希望他们有什么样的体验？一旦你定义了这种体验，你游戏设计的每一个方面都应该致力于实现它，构建你的基于理想玩家体验的故事吸引力和游戏机制。

游戏设计定义 ＃2

游戏设计是为你的游戏回答记者的问题。

记者写的每一篇文章都应该回答“六个一”问题——谁？什么？怎样？为什么？哪里？何时？回答这些关键问题有助于给读

者提供一个有关文章的全貌。

这些指导性问题可用于新闻和研究领域，也可用于游戏设计，让游戏设计师全面了解游戏的总体意图和方向。以下是游戏设计师关于这些问题的提问：

我的游戏是给**谁**的？

仔细考虑这个问题会让你思考游戏的目标受众。

你的玩家是谁？他们希望/期待从这种游戏中得到**什么**？

一旦你确定了游戏的目标受众，你就需要了解他们在玩你这款游戏时想要什么。谁会玩这种类型的游戏，他们以前在玩这种类型的游戏时喜欢什么？（一个推论：用偏离类型化期待的转折使你的玩家感到惊喜。）

我将**怎样**满足这些愿望和期待？

既然你已经找到了你的受众并明了他们想要什么，你就需要弄清楚如何满足他们。什么样的机制会给他们带来想要的体验？我们可以添加什么新系统，在不损害核心吸引力的情况下，为该类型的游戏带来新鲜感？

我**为什么**选择这个游戏系统/机制？**为什么**这个机制会出现在我的游戏里？

一旦你概述了提供玩家体验的机制，请退后一步，思考每一个部分。它给总体体验增加了什么？它和其他游戏机制兼容吗？有没有更好的办法？向游戏中的每一个机制如此发问，并在游戏开发的多个阶段重复这些问题。随着游戏的架构与风格的改变，在制作之初感觉良好的想法可能需要被搁置一边。

想象一下，你最初设计了一种快速在游戏世界中旅行的方式，例如喷气背包，但是在你建构了这个世界之后，你会看到游戏测试员们以高速冲过整个世界，只在看起来最有趣的地方着陆，然后抱怨这个世界太小了。最简单的解决方法是去掉喷气背包。现在，玩家移动速度变慢了，可以看到更多的世界，停在所有有趣的地方，而这些地方曾经只是被飞越的国家。

在团队花费更多资源迭代这些问题之前，尽快确定它们是至关重要的。随着游戏的变化，要不断询问自己每项功能为什么会存在！

我的游戏将在**哪里**被交付给客户？

你为哪个平台创建游戏？这将极大地影响游戏的功能设置和用户界面，以及对受众的考量。移动平台上的玩家与主机或电脑端的玩家有着截然不同的体验。这是游戏设计计划的一个基本方面，应该尽早解决。

我的交付期限是**何时**？

这是你的项目的截止日期。虽然它似乎与游戏的设计无关，但实际上它对开发至关重要。游戏制作计划是从游戏发行日开始倒推的。假设它在这天开始畅销，就需要提前一个月给台词配音，提前三个月进行游戏测试，提前好几个月开始最终润色，等等，以此类推，一直倒推到开发之日。虽然小型团队现在可能计划在数字平台上发布“抢先测试”版本，让他们有空间改进游戏，但即便如此，你也必须坚持设定好发布内容的时间表（否则将面临玩家的愤怒）。

从你在项目最初设定的交付日期开始，你就要按部就班地致力于作品完成和优化。游戏确实会错过交付日期，但游戏开发阶段的初始规划完全取决于最终交付日期。

游戏设计定义 ＃3

我对游戏设计的最终定义围绕着网络迷因——“蜜獾”。如果你不熟悉这个梗或者对这个词只有遥远的记忆，请访问油管（YouTube）并搜索“蜜獾”，点击由兰德尔解说的三分钟视频。注意听副歌，歌词里包含了蜜獾的人生观——“蜜獾根本不在乎。”

图片来源：flikr. com。

把你的玩家想象成蜜獾。蜜獾并不关心你在游戏中付出了多少努力、花了多少钱、投入了多少时间、你的父母认为你有多聪明，或者你认为你的游戏有多好。蜜獾根本不在乎。

蜜獾关心的只是他们玩游戏的体验。游戏有趣吗？有挑战性吗？它吸引人吗？它值我花的钱吗？值得我投入时间吗？这才是蜜獾关心的事情。如果你不能满足大部分或全部的期望，蜜獾就会不开心。蜜獾会上网，在社交媒体上大肆诋毁你的游戏。

> 我对游戏设计的第三个定义是，它是一门让蜜獾在乎的艺术。

如果你能让脾气暴躁、难以取悦的蜜獾玩家在乎你的游戏，那么作为一名游戏设计师来说，你成功了。

我在课堂上解释了这个定义后，为学生们分发了手镯，上面印着“WWHBT?”——蜜獾会怎么想（What would honey badger think)？我告诉学生们在制作游戏时戴上手镯或把手镯放在身边，以提醒自己在设计游戏时想起难以满足的玩家。我的许多学生带着这些手镯去上课，他们告诉我，在设计游戏时，手镯确实能帮助他们更多地考虑玩家。

把它们放在一起

也许你注意到了上述三种游戏设计定义的一个共同元素——玩家。始终牢记玩家，并思考你为他们创造的体验。你的玩家是谁？他们想要什么？你将如何提供这种体验？当你开展设计工作时，把这些问题放在你脑海的最前面。

游戏系统和游戏机制

这两个游戏设计元素对游戏的构建至关重要。游戏系统是游戏设计的“什么?”——玩家在游戏中能做什么?将它们视为游戏中的玩家动词。游戏机制是你设计的“方法”——这些游戏系统到底是如何运作的?游戏机制是对游戏系统的详细解释。

游戏系统是战斗、移动、游戏世界、解谜、角色创建、与NPC（非玩家角色、居住在玩家所探索的世界中的包括人在内的生物）互动等设计要素的大规模聚合样态，它直接来自设计师对于他们想要为玩家创建的游戏类型的决定。

游戏系统是最简单的部分，制定游戏机制才大费周折。你说你希望玩家能够在游戏中创造自己独特的角色?这到底是怎么实现的呢?你将在角色创建系统中设计什么样的种族、职业、统计数据、能力和进程?每一项都是如何运作的?你需要详细定义游戏机制的各个方面。

你的游戏有战斗元素?很好，但具体是怎么做到的呢?哪些玩家角色（PC）属性与他们在战斗中所能做的一切相关?你会有哪些子战斗系统——近战、远程、魔法、异能、舰对舰战斗?每一个都是如何运作的?你可以在一天或更短的时间内尝试完成游戏系统，但控制这些系统的游戏机制需要花费数周时间才能建成，这就是游戏设计见真章的地方。

你需要定期对游戏中的每个系统和机制进行精密的评估。(还记得前面我对游戏设计的第二个定义中的“为什么?”问题吗?)符合你早期关于游戏玩法的设想的系统和机制最终可能不再适用于你的其他设计，你越早意识到这一点并进行调整，你的项目就越顺利。

流程和进展

最后一个游戏设计理念是保持玩家的心流状态。心流状态是一种对活动的强烈投入感，这个词是由波兰研究人员米哈里·齐克森米哈里（Mihály Csíkszentmihályi）在 20 世纪 70 年代中期发明的，他研究的是艺术家在沉浸于工作时表现出的强烈专注问题。他发现，在不同的活动中，随着挑战水平和参与者技能的提高，参与者的沉浸感也会增强。

如下图所示，活动的挑战水平和参与者的技能水平之间有一个最佳关联区。确保挑战水平随着技能水平的提高而提高，让参与者始终最大限度地沉浸于活动的心流状态中。

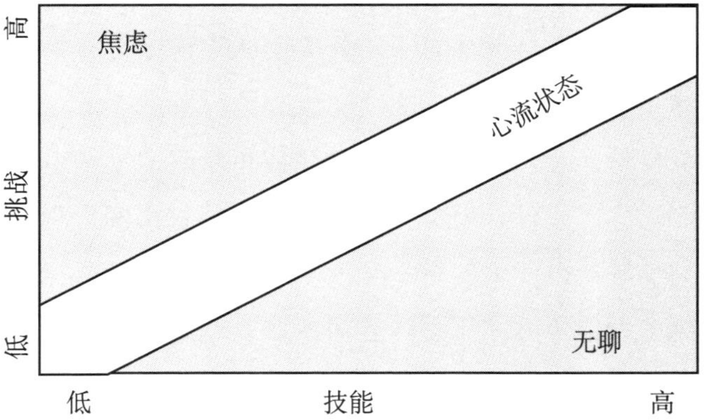

图片来源：《今日心理学》。

如果游戏的挑战水平比玩家的技能水平（对游戏机制的掌握）

的提升速度要快，那么玩家就会感到沮丧和焦虑，开始想要将游戏机手柄砸向屏幕或把棋盘掀翻，逐渐放弃游戏。另外，如果玩家的技能水平超过了游戏带来的挑战水平，那么他们就会产生厌倦感，琢磨玩其他游戏。

玩家的心流状态与游戏进程密切相关。游戏设计者需要确保游戏所带来的挑战与玩家对游戏机制的掌握同步。随着玩家角色获得了新的技能和更好的装备，他们与之战斗的怪物需要变得更强大和更多。从玩家可以找到、购买或制作的道具，到玩家角色在获得经验时的能力提升，再到他们在游戏过程中遇到的敌人，这种进程需求影响着游戏设计的各个方面。

这是贯穿于游戏开发过程的一种平衡行为。设计师需要瞄准预期受众的平均值，希望为尽可能多的玩家提供一种富有吸引力的挑战水平。开发过程中的一个危险是，质量保证（QA）团队——内部测试人员——太熟悉游戏玩法，以至于几乎任何挑战对于他们来说都是小菜一碟，这会导致游戏变得如此困难，以至于外部游戏测试人员无从下手，开发团队不得不费力将难度降低到现实水平。

游戏设计是意图、职业道德、评估和修改的复杂组合。意图告知并驱动你的设计，但努力工作和创新将意图变为现实。你需要不断评估游戏设计中的每一个元素，以确保它仍能提供预期的体验。这些评估告诉你哪些内容需要修改或删除，从而推动你自己的游戏设计技能不断提高。

第 3 章
游戏故事

什么是故事？

每款游戏都有一个故事。故事是玩家行动的基础背景。优秀的游戏故事能够赋予玩家代理权，使他们推动故事向前发展，让他们知道自己在游戏世界中的位置，以及自己在游戏中的目标。

一个游戏故事可以不涉及任何写作、对白或文本。国际象棋就是一款带有故事的抽象策略游戏。两个王国在战场上相遇，每一个国王都有军队为他而战，每一方的目标都是抓住对方的国王。棋子的名字和形状——骑士、卒子、主教、国王、王后——让人想起国际象棋的历史渊源。这个故事为玩家提供了情境，故事所传达的目标指导玩家在游戏中采取每一项行动，无论他们是否意识到了这一点。

图片来源：libreshot. com。

《大富翁》的故事同样简单。在大西洋城的房地产世界里，每一位玩家都是一个精明的商人，他们努力垄断城市的房产市场，让所有竞争对手破产，最后一个没有倒下的玩家便是这个城市新的房地产大亨。游戏故事及其最终目标推动着《大富翁》中所有玩家的行动。

游戏故事并不会阻碍游戏的可玩性，而且它不应该在次要角色上花费太多笔墨，正如奇幻冒险故事不会从一个乡间老头开始那样。归根结底，游戏故事构成了游戏玩法的背景，并为玩家提供能够激励他们继续玩下去的情境。在一款开发完善的游戏中，故事增强了游戏性，并且永远不会妨碍玩家享受游戏。

想想《旺达与巨像》。这是一款动作游戏，讲的是一个年轻人在禁地里与 16 个巨大怪物战斗的故事。剧本中的对白很短——游戏的大部分内容，包括前五分钟，都是无声的。然而，玩家和评论家们将其视为游戏中最伟大的冒险之一，主人公和他的马给他们留下了深刻印象。通过限制对白和解释，《旺达与巨像》营造了一种深刻的神秘感和不祥感，其脚本言简意赅，以少胜多。

游戏中的故事

在电子游戏中，故事有以下几个用途。

故事为玩家提供了背景，将他们置于游戏的虚构世界中。它告诉玩家游戏是关于什么的，他们在故事中扮演什么角色，以及他们应该在游戏中做什么。这有助于让玩家融入游戏世界。

故事通过激发玩家对下一个角落的内容的兴趣来激励玩家继续玩下去。游戏故事的主要目标之一是通过神秘事件、次要情节和引人入胜的角色引导玩家前进。具有更复杂故事的游戏拥有一个不断生成的次要情节集合，随着旧问题的解决，新的问题也会随之出现，从而让主要故事生机勃勃。例如，在像《天际》这样的角色扮演游戏（RPG）中，任务涉及角色的背景故事和遇到的麻烦，这些故事和麻烦代表了整个游戏中分散的次要情节。

最后，即使游戏玩法变得过时，故事也能让玩家继续玩下去。可以添加到游戏中的机制和独门秘籍不多，而这些工作对于游戏开发人员来说费时费力。在砍掉第 1 000 个半兽人的头后，玩家总有感到无聊的风险。但半兽人一直守护的可能是什么呢？玩家在探索他的巢穴时会发现剧情发生了什么变化？比起使用新的进程系统（“让我们添加钓鱼玩法！”）或用奖励来激励玩家，添加故事元素更快速且更便宜（就开发成本而言）。一个不断发展的故事给了玩家一个继续打败所有半兽人的理由。

图片来源：由 Pixabay 提供，https://pixabay.com/vectors/alice-in-wonderland-animals-tale-30130/。

关于游戏故事，需要记住的一点是，在几乎所有的高预算游戏中，故事是次要于游戏玩法的。故事的存在是为了支持开发团队所希望玩家获得的游戏玩法体验，它的方方面面都应致力于提升这种体验。玩家在游戏中是为了享受游戏玩法，而不是阅读大量的文本、听非玩家角色们没完没了的饶舌或者观看冗长的动画。

尽可能站在玩家的角度考虑问题。你添加的故事是否能够支持游戏玩法并激励玩家，或是在玩家想要向前冲的时候增加了阻力？

谁创造了游戏故事？

设计游戏故事是叙事设计师的职责，但项目的创意总监和游戏设计负责人通常决定故事的总体方向和预期需要填充的游戏体验。实际的故事细节留给叙事设计师来充实，其他游戏设计师和脚本编写者参与其中，负责执行并添加他们自己的创造性元素。

创意总监可以提供总体愿景，但叙事设计师的工作是将愿景转化为具体的设计文档和书面脚本。叙事设计师负责监督日常工作，把经过创意总监认可的故事变成现实——可以将叙事设计师视为创意总监在致力于维护故事完整性时的关键人物。

情节 VS 故事

许多人会交替使用“情节”和“故事”这两个词，但它们的含义截然不同。情节是故事的骨架，是从游戏开始到结束展开的一系列事件。当你在游戏中添加角色时，故事从情节中被创造出来。情节中的事件如何影响角色以及角色如何应对这些事件，是故事真正吸引人的方面。

人只对人着迷。读者对一系列事件干巴巴的叙述无动于衷，不管它们有多么重要。但如果向读者展示这些事件对人物的影响，你就有了一个值得一读的故事。人物构成故事，设计师们常常会忘记这一点，他们沉浸于构建世界的兴奋之中，却把历史和事件误认为会吸引玩家的故事。

当我和我的叙事设计课程学生谈论情节与故事时，我给他们布置了一个作业，帮助他们了解一个有趣的故事是如何从一个简单的情节发展而来的。这项作业（附录C叙事设计任务Ⅰ课程中的“街机游戏短篇故事”作业）要求学生选择一款目前缺少真实

情节

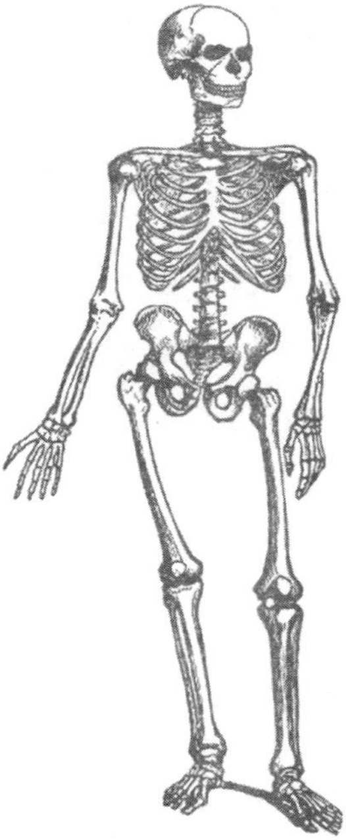

图片来源：FreeSVG. org。

故事

图片来源：维基百科 Eric J. Cutright，https://commons. wikimedia. org/wiki/ File：US _ Navy _ 070504-N-0995C-072_Chief_ Mineman_Kevin_Sperling_appears_as_the_ guest_body_builder_at_an_Armed_Forces_body_ building_competition_held_at_Sharkey%27s_ Theatre_at_Naval_Station_Pearl_Harbor. jpg。

故事的街机游戏，并编写一个关于该游戏的短篇故事。故事需要以游戏中的世界为背景，并且围绕游戏中的角色展开。这个任务的最佳选择是类似《青蛙过河》《爆破彗星》《吃豆人》《太空入侵者》《小蜜蜂》《打空气》等的游戏。

这些街机游戏都包含一个简单的情节（青蛙过马路、驾驶员驾驶宇宙飞船在小行星带航行等），学生们被要求从这个情节出发

图片来源：Good Free Photos. com。

创造一个故事。这些故事需要围绕街机游戏中的角色展开。故事需要告诉读者这些角色是谁，他们是如何进入那种情境的，他们在那里做什么，等等。学生们需要把一系列事件变成一个有趣的故事。

学生们想出了一些很棒的故事。比如，吃豆人是个瘾君子，在精神病院的走廊里跑来跑去，嗑药，幻想自己被鬼魂追赶。或者，青蛙人是一个穿着青蛙服装的大学生，醉醺醺地从万圣节派对上摇摇晃晃地回家。一名学生将《导弹指令》的世界带到现实中，将它置于1962年古巴导弹危机的背景下。

这样的改编活动在课堂外一直在进行。我参与的一些游戏开发是对其他人的IP（知识产权）的游戏改编。早在20世纪80年代中期，我还在TSR工作，从事《龙与地下城®》和《进阶龙与地下城®》的开发工作，也参与过纸笔柯南角色扮演游戏和印第安纳琼斯角色扮演游戏（分别是根据图书和电影改编的）。在电子游戏行业，我参与过游戏《危险边缘》的制作，这是一款基于电影《侠盗王子罗宾汉》的游戏，还有基于漫画《惩罚者》、电视连续剧《大神偷卡门》、电影《壮志凌云》等的游戏。

学习将现有 IP 转换为游戏，对于游戏设计师和叙事设计师来说是一项宝贵的技能。以前从未这样做过的人通常认为现有的 IP 是限制游戏基调和设置的一件紧身衣，但根据我的经验，这实际上非常自由。IP 为你提供了基本的设置、背景故事和人物角色，以及游戏故事的坚实基础，这让你可以在玩家已经熟悉和喜爱的背景下为他们创造一个独特的故事。

我们在叙事课上研究游戏改编，首先是街机游戏短篇故事作业，然后是概念文档作业，目的是设想一款由已经存在于另一种媒介中的 IP 制作的游戏。这两项作业的说明，以及游戏改编概念文档的模板，可在附录 C 中找到。

不使用文字讲故事

叙事设计师需要学习的一个重要经验是如何在没有文字的情况下讲述故事。游戏中的视觉叙事始终是由叙事设计师、美术设计师和关卡设计师协作完成的。通过合作，你可以构建一个向玩家讲述故事的环境。当玩家通过探索周围的世界来了解正在发生的事情（或已经发生的事情）时，他们会更强烈地融入故事和世界，并感觉自己正在发现这些细节，而不仅仅是听别人谈论这些细节。

想象一下你走进一个村庄，一位居民跑到你面前，立即开始讲述关于五年前一条龙如何袭击了他们的村庄，从那以后他们一直在缓慢地重建村庄的冗长故事。想想这该多么乏味。

图片来源：Planet-Science. com。

这种方式就是给玩家强行灌输故事。现在想象一下，你走进同一个村庄，受到同一个人的欢迎。这一次，他带你穿过村庄，谈论村庄目前面临的一些问题。当你向前走的时候，你注意到附近有一些倒塌的建筑物和褪色的烧焦痕迹。常春藤沿着墙壁生长，遮挡不住断壁残垣。镇上还有较新的建筑，它们都是用石头而不是木头建造的。村民对此只字不提，你却可能已经拼凑出了一个故事：一条喷火的龙袭击了这个村庄，但这发生在很久以前，以至于植物的生长已经掩盖了一些破坏。也许过会儿你可以找个人问问这件事。

这就是视觉（或环境）叙事。它允许玩家拼凑故事，并为他们创造自己的故事留出空间。这会让玩家更加沉浸于游戏及其世界中。

叙事设计师还会与声效设计师合作，通过音频线索讲述故事。远处的尖叫声或未知来源的巨大吼声会让玩家的大脑中充满对各种可能性的猜想（和紧张感）。

当我制作《上古卷轴 OL》时，我在那个项目上的大部分时间都花在西罗迪尔的 PvP（玩家对战玩家）中。我与美术设计师、关卡设计师以及我们的质量保证团队合作，在这片广阔的场景中构建视觉叙事。我要求团队的其他成员搜索那些没有太多进展的区域，并思考添加有趣的角色。在一个小溪边的洞穴里，我添加了三具骷髅，其中一具抓着来自指挥官的一张纸条——命令他们监视敌人的营地。一位关卡设计师添加了一个被挖掘的洞，洞底有一口打开的棺材。我加上了一张侄子写的便条，向他叔叔的鬼魂道歉，因为他打扰了他叔叔的鬼魂的休息，还偷了一件传家宝。我们的质量保证团队送来了关于相对乏味的区域的报告，美术设计师和关卡设计师会看一看，给它添加一些有趣的东西。视觉叙事需要不同领域之间的努力和协调，但这几乎总是值得的。

第 4 章
游戏开发作为一门技艺

游戏设计是一门技艺。这是一套你需要在实践中学习的技能；正如第 2 章所提到的那样，这些是你向那些比你做得更久的人学习的最好的技能。

在大学能做的最好的事情就是让你成为游戏行业的学徒，你选修的课程不能模拟专业游戏开发团队的真实环境。与同行大师们一起工作，与那些长期以来一直在做你想做的事情的人一起工作，你会得到极大的提升。如果你没有和那些对你所选择的领域了解得更多的人一起工作，那么你将犯下每一个新的、没有受过训练的游戏开发者最初几年在这个行业犯下的同样的错误。

游戏行业的每个领域都存在着一种明确的从学徒到熟练工再到大师的结构。许多公司认识到了这一点，并将其构建到自己的组织结构中。在一些公司里，一名新的大学毕业生会被安排到初级设计师（或初级动画师、程序员、美术设计师等）的岗位上；几年后，他会被提升为设计师；再过几年，他会晋升为高级设计师；最终，他可以晋升为首席设计师，进而可以晋升为创意总监

(尽管创意总监可以来自不同的领域)。一些游戏开发公司设有工作室设计师岗位，负责监督公司每个项目的设计师，其他则将经验级别分配给游戏开发团队涉及的所有领域，因此，你可能从一级设计师开始，每一到两年提升一个级别，最终在五级达到顶峰。

图片来源：https://en.wikipedia.org/wiki/Penrose_stairs。

每家公司对于使用何种系统各有考虑，但几乎所有游戏行业的公司都有明确的等级制度，这是对员工在该行业积累多年经验所带来的价值的明确认可。将不同经验水平的设计师（以及程序员、动画师、美术设计师等）混合在一个团队中，可以建立一个指导系统，在这个系统中，行业技巧从资深人员传递给新手（他们自己很快也会成为资深人员和指导者）。

当某人要离开游戏公司或在游戏公司庆祝工作周年纪念日时，他一般都会表达自己在工作中从他人身上学到了很多东西。不管你认为自己在大学里学到了多少，相信我，还有更多。最好的学习场所是在行业中——与经验丰富的同事一起工作。

认为你可以通过玩游戏来学习游戏设计和开发，这个想法类似于认为你已经为进入美国职业篮球联赛（NBA）做好了准备，因为你看过很多篮球比赛。勒布朗·詹姆斯和我都观看了很多篮球比赛，但我们中只有一个人花了数千小时的时间真正打球，培养进入 NBA 所必需的技能。你来想这是我们中的哪一个。

同样，阅读 Gamasutra 上的文章或参加游戏开发者大会并不能让你获得进入游戏行业所需要的设计技能。这些可能会有帮助，但只有一点点。为了培养必要的技能，你需要实际设计游戏。要真正了解创建 AAA 级游戏需要什么，你需要体验游戏开发团队的生活，每天与队友一起工作 8～10 个小时，持续数月甚至数年，这就是你学习的方式。在此之前的一切，例如，你上的每一节课，你参加的每一次讲座，你阅读的每一篇文章，所有这些只是帮助你为密集的学习做好了准备。

如果你是一名独立开发者或供职于一家小型独立公司，你的学习曲线会更陡峭，因为这一切都取决于你自己。你的技能发展来自你自己的努力——你在设计和升级游戏时的创造力和奉献精神。你在成功和失败中学习的深入程度决定了你技能提高的速度。

软技能

大多数优秀的游戏公司在招聘时都非常重视经验。通常，它们的理想人选不是刚毕业的学生，而是一位行业老手，他已经从游戏开发团队多年的日常工作中吸取了经验教训。当一家公司对雇佣应届毕业生比雇佣资深人员更感兴趣时，这实际上是一个警告信号，表明他们正在寻找新手。新手对进入这一行业的渴望使他们很容易成为过度工作和低薪的掠夺性行为的目标。

经验丰富的开发人员应该具备“软技能”。这是人际交往技能的术语，如谈判达成妥协、合作解决问题，以及在非工作时间帮助他人。有些人天生就具备这些技能，但大多数人的技能都是在与他人共事多年的过程中发展起来的。如果不学习这些技能，没有人能在游戏行业这样的合作环境中长期生存。它们使你能够与同一组人共事多年，而不会让他们中的任何一个窒息，不管你有多么想去尝试。

图片来源：Cliparts101. com。

我们中的一些人能够在成长过程中学习软技能（例如，如果你在一个有九个孩子的家庭中排行第六），其他人在中学的项目小组中学习它们，但另一些人从未被置于必须学习软技能的环境中——这些人在游戏行业中坚持不了多久。

简言之，如果你是一名学生，那么请把在大学期间尽可能多地练习与他人合作视为你的目标。

在游戏设计和叙事设计课程中，教师可以通过多种方式将软技能融入其中。我在韦伯斯特大学的课堂上，会在每次书面作业之后设置小组讨论会（每组 3～4 名学生）或在线同行评议。在任何一种情况下，学生都会阅读彼此的作品并给出建设性的反馈。学生在这个过程中可以学习并实践给予反馈的基本原则——对作品是否符合作业要求的仔细考量，用积极的反馈强化好的作品的需要，以及提供有用的建议以改进不合格作品的技巧。

在这学期的课程中，我看到学生们互相反馈的质量有了显著的提高，经过这些技能练习的学生每次进入后续课程学习时都会表现出更好的反馈技能。

反馈推动了游戏的修改周期，极大地促进了游戏的完善，也有助于单个游戏开发者的提高。给予和接受反馈是两种截然不同且至关重要的技能。学生们需要练习以一种不带偏见的方式给予反馈，这样接受者就不会生气，并且愿意听取建议。学生们还要学会以开放的心态倾听所有建议，即使是那些可能不是用最外交化的辞令表达的建议。这很不容易做到！但这是必要的。我见过游戏开发者因为无法接受工作反馈而被解雇。

合作是游戏开发人员的另一项重要软技能。这就是为什么所有教授游戏行业学科知识的人都应该在课堂上尽可能多地加入小组活动。这与研讨会和反馈不同，作为学生团队的成员，你不是在批评他人的工作，而是在一个联合项目中工作，这个项目需要队友把他们的创造力运用到推进项目上。对许多学生来说，这是一种新的体验。学习与他人协商达成一项共同认可的游戏设计，然后共同努力执行这个理念，对于初露头角的游戏开发人员来说是一种关键的经验，这也是他们在面试中会向潜在雇主描述的一个点。学生应多选择一些需要合作的课程。

除了在开发过程中保持自我意识，能够参与头脑风暴会议也是开发人员工作的关键部分。这些会议可以是正式会议，讨论整

图片来源：https://commons.wikimedia.org/wiki/File：Curb_ Your_Ego_ close_crop.jpg。

个团队面临的问题，也可以是非正式的，围绕在某个人的办公桌前讨论小问题。这些会议能够激发游戏开发团队的创造力和创新性。在此过程中，你能做出的贡献体现出了你对游戏公司的价值，但这建立在多年的合作项目带给你的经验的基础之上。

共同管理是创意产业的另一项重要软技能。你不必喜欢所有与你一起工作的人（你几乎肯定不会喜欢），但你必须能够与他们一起工作，共同实现创造最佳游戏的目标。能够抛开之前的冲突，朝着同一个方向并肩作战，是成为团队成员的一个重要因素。

任何小组活动——研讨会、设计任务、反馈会议、评论——都有助于加强学生的协作技能。学生在尝试进入该行业时，应确保向潜在雇主强调这些活动，这有助于缓解雇主对应届毕业生与他人良好合作能力的担忧。

在一个团队项目中会有很多的妥协折中，为了团队和游戏的利益，很多时候需要压抑自我。大多数人倾向于支持自己的想法或自己的部门，而不是支持与他们关联不大的其他工作。诀窍是要记住，你所制作的是团队的游戏，而不是你自己的。争论什么对玩家体验是最好的，即使它很难、不方便或涉及其他开发者喜欢的项目。

你的硬技能，也就是你选择的学科范围内的技能，可能会让你进入游戏行业，但你的软技能决定了你能待多久。与他人良好合作的能力，将自我融入团队和项目的需要中的能力，是使员工真正有价值的因素。

第 5 章
想法就是一切……什么都不是

你从哪里得到你的想法？

游戏设计师总是被问到这个问题。（其他许多创意人士也是如此。）就我而言，这没有什么大秘密，最好的游戏创意来自游戏媒介之外。想法可以来自艺术、文学、音乐、自然、电影、新闻和世界各地发生的事件，也可能来自梦、无意中听到的对话或散步时看到的东西。现实生活和其中的一切都可以成为游戏创意的灵感来源。

在一场火灾中失去了家，不得不购买新的家具和家居用品后，威尔·赖特萌生了制作《模拟人生》（有史以来最畅销的游戏之一）的想法。《神奇宝贝》的联合创造者田尻智的灵感来自他童年收集昆虫的爱好，《刺客信条》的灵感源于 1938 年的一本斯洛文尼亚小说。好的想法可以来自任何地方！

设计师也会从其他游戏中获取灵感，特别是在自己的游戏中使用创新的游戏系统和游戏机制的时候。当然，也有一些成功的游戏融合了不同类型的机制，例如，手机游戏《10 000 000》本质上是一款连线消除游戏，但它包含了强大的角色扮演游戏和无尽奔跑元素，同时将这三种截然不同的游戏类型融合为一种令人愉快的体验。与之类似，《帝国与谜题》将连线消除游戏机制与RPG机制和强大的社交元素相结合，打造出一款引人入胜、令人上瘾的游戏。这样的例子不胜枚举。

但设计师们往往从游戏之外的思考中获得最佳创意。离开你的椅子，走向外面的世界。沿着一条繁忙的街道行走，全神贯注于你周围的一切活动。将自己置身于不同的地方，观察新的事物，收获新奇的经历。如坐在咖啡馆、餐厅或博物馆里，看看周围的人们，听听他们的谈话。人们一直在互相讲故事，一点偷听可以给你的游戏带来一个好的创意。看新闻，了解有关人物和事件的故事，然后将你看到或听到的任何有趣的事情记下来。

激发游戏创意的新体验不是必须要倾听或观察他人。去图书馆，徜徉于书架前，看看书名，读一本不属于你通常会读的类型的书；走进公园或自然界里的小径，散散步，观察和聆听周围的世界。如果你一直墨守成规，你就不会有创新的想法。要勇于改变。远离游戏和游戏设计：如果你一生只做游戏，那你就限制了你的创新能力。走出去，寻找激励你的故事。

举个我自己职业生涯中的例子。几年前，我面试了一家小公司的游戏设计师职位，他们希望我在面试过程中提出一些游戏想法。就在这之前，我刚读完塞纳·杰特·纳斯拉德的一本名叫《富足》[①] 的书，这是一部关于玛丽·安托瓦妮特的历史小说。当

① NASLUND S J.（2006）. Abundance：a novel of Marie Antoinette，William Morrow：New York City.

我接到提出游戏概念的电话时，我立刻想到了有关法国大革命的一套游戏概念。我写了一个概念和简要的游戏设计文档（GDD），并基于这些文档为公司制作了一个演示文稿。如果不是读了那部小说，我永远也不会想到这个游戏创意。

你潜意识的力量

走出去，探索世界会让你的潜意识参与你的创造性活动。你的潜意识是伟大思想的难以置信的源泉，但你必须给它一些东西来配合，日复一日地经历同样的事情是不行的。新的经历、不同的景象和不寻常的声音，是它们激活了你潜意识里的创造潜能。

你的潜意识也可以是解决你工作中遇到的问题的源泉。从事游戏这一行业，有时候可能会花数月甚至数年的时间扑在一个项目上。你浸淫其中，日复一日，努力解决一切问题和克服一切障碍，而你的潜意识也丝毫不懈怠。你经常醒来时灵光一现，那是你努力工作的潜意识提出了一个潜在解决方案。

对于学生来说，情况就不同了。你每天都要应付很多不同的任务和活动。你可能每学期有 5～6 节课，有社交生活，从事全职或兼职工作，承担家庭义务，等等。在日常生活中，一项特定的课堂作业通常不会花费多大周折，也不受其他事情干扰，但这反而阻碍了你获得完成任务所需要的创造力，因为你的潜意识无须参与其中。

我的建议是尽量不要把任务留到最后一分钟。一有作业，就花几分钟阅读、思考，并简单记下一些笔记。那会让你的潜意识在那晚睡觉（或做一些单调的事情）的时候参与进来。当你醒来时，新的想法很可能在一夜之间突然出现。记下来，第二天再花几分钟时间在笔记中添加更多的想法，并扩展你以前的想法。

每天在同一项任务上做一点工作会激发你的潜意识，并为任务带来更多的创造力。你每天花在工作上的时间，和你等到最后一分钟、在截止日期前把东西塞在一起提交的时间一样多（甚至更少!)，但你的作品可能会更有想象力和创造性，你也会获得更好的成绩。

那些善于利用潜意识力量的学生告诉我，这帮助他们在关键时刻克服了作家和设计师的障碍。

一本名为《保卫愚者之渡》[①] 的书将这一经验公之于众。它可能是世界上最有趣的军事训练手册，但它暗含两个关于游戏设计的重要经验，这就是为什么我喜欢和学生们分享它。

几十年前，在 TSR 与我一起玩战争游戏的一些同事向我介绍了这本书。这本书 1904 年由英国陆军上尉 E. D. 斯温顿所写，其目的是培训步兵军官掌握战时指挥小型部队的战术，它被世界各地的军事院校使用了上百年。斯温顿上尉后来成为斯温顿少将，并被认为是第一次世界大战前坦克的发明者。他是一个能够跳出框架思考的人。

《保卫愚者之渡》讲述的是 1899—1902 年布尔战争期间年轻的 BF 中尉刚受命第一次担任指挥官后的不幸遭遇。BF 中尉被分配了 50 名士兵，并被告知要保卫愚者渡口，这是一个能够横跨河流的重要浅水处。预计大批布尔士兵将试图穿过那里，中尉奉命不惜一切代价阻止这一行动。

---

① SWINTON E D.（1904）. The defence of duffer's drift，W. Clowes & Sons：London.

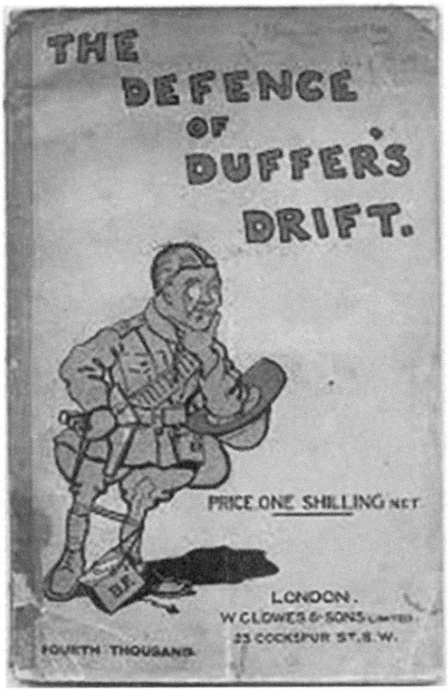

图片来源：https://commons.wikimedia.org/wiki/ File：The_Defence_of_Duffer%27s_Drift_cover.jpg。

BF 中尉和他的部下来到漂流处扎营。那天晚上，他做了一个噩梦，梦见布尔人攻击并端掉了他准备不足的指挥部。第二天早上，他醒来后，着手弥补梦透露给他的防御系统中的所有漏洞。然后，那天晚上他又睡着了，做了另一个梦：他的指挥部再次被端掉，但他白天的修复工作帮助他们做出了更好的应对。问题仍然存在。第二天早上，BF 中尉又开始纠正这些问题：哨兵被重新安置，战壕被挖掘，间谍被围捕，等等。

这种情况持续了好几个晚上。BF 中尉的梦每次都指出越来越小的问题，而他的指挥在每一次假想的战斗中表现得越来越好。最后，当布尔军队最终到达并发动真正的进攻时，BF 中尉的部队守住了浅滩并击退了进攻。

这本书阐明了两个经验教训，它们对于游戏设计师或任何参与创造性工作的人来说都至关重要。首先是利用你的潜意识解决

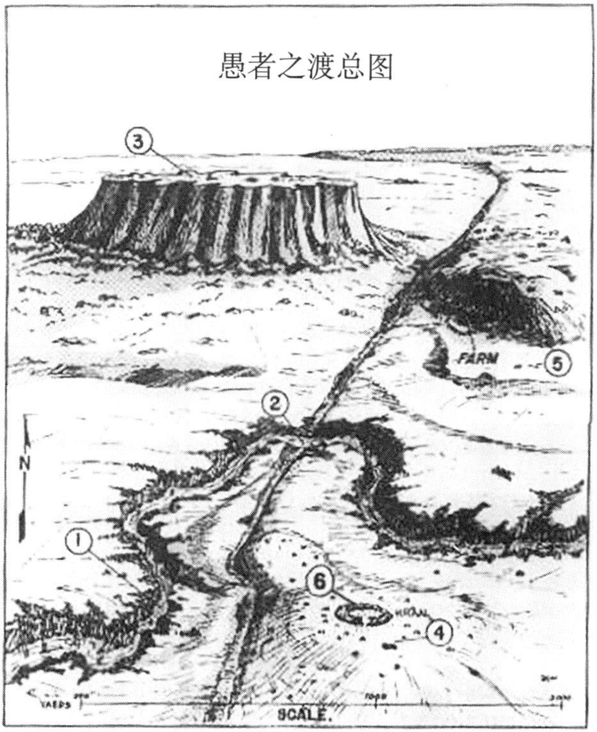

地图 1

(1) 西利亚斯沃格尔河　　(4) 瓦舒特山
(2) 渡口　　(5) 冲突地带
(3) 悔桌山　　(6) 栅栏村庄

图片来源：RegimentalRogue. com。

问题的能力。当你睡觉的时候，给你的大脑一些东西来咀嚼。当你醒来的时候，你常常会有很棒的想法。许多作家会依靠他们的梦的力量，比如斯蒂芬·金在采访中说过，他在飞机上做的一个噩梦给了他《危情十日》的故事灵感，这本书成为他最受好评的作品之一。你甚至可能想用一本梦的日记来记录这些转瞬即逝的灵感。

该书关于游戏设计的第二个经验是迭代的价值——游戏测试和修改周期。迭代不是一件苦差事，而是创造伟大游戏的关键。一般来说，一个游戏经历“创建—测试—反馈—修改”迭代周期的次数越多，它就越有趣、越连贯。如果没有足够的迭代，世界上最伟大的游戏创意也会产生一款最糟糕的游戏，而一个缺乏想象力的游戏想法在足够的迭代下可以带来一款伟大的游戏。（电影《异形》的灵感来自一次推介会，导演詹姆斯·卡梅隆在黑板上写下了“异形”，然后在它后面画了一个美元符号。）最初的想法只是一个起点，它可能会大错特错，也可能完全正确，结果取决于执行，而执行取决于迭代。

《保卫愚者之渡》是很久以前为完全不同的受众和目的而设计的，但它为今天的游戏设计师提供了宝贵的经验。找到这本书，读一读，它将阐明这两个重要的经验。如果你教游戏设计或叙事设计，我建议你在课堂上讨论这本书，让大家清楚地认识到在游戏开发过程中潜意识和迭代的重要性。

想法和游戏

游戏想法只是制作成品所需工作的一小部分。游戏开发的所有后续阶段都需要更多的创造力和努力，想出一个点子只是微小的起点。

托马斯·爱迪生说过：“天才是百分之一的灵感加上百分之九十九的汗水。”他的意思是，最初的想法只是创造新设备或其他发明过程中的一小部分。他知道他在说什么：他有条不紊的测试方法和庞大的科学家团队奠定了现代研发的基础。

图片来源：https://commons.wikimedia.org/wiki/File:Thomas_Edison2-crop.jpg。

对于游戏行业的工作来说，游戏设计是百分之一的灵感和百分之九十九的执行。提出一个游戏的想法无疑是这个过程中最简单的部分，而最初的概念所占的工作量远远少于创建该游戏所需工作量的百分之一。

换个角度考量，从价值上说，一个游戏的想法几乎没有价值。一周内想出 50 个游戏点子并不难，它们便宜、容易，而且大多一文不值，游戏的大部分创造性工作都是在最初的想法提出之后进行的。制作游戏的所有工作都是赋予游戏价值的东西，而不是最初的想法。从增加价值的角度考虑：

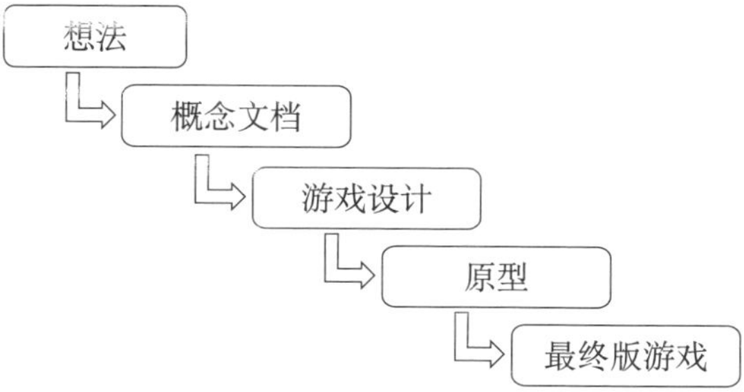

这就是为什么游戏公司对窃取别人的想法并不感兴趣。不仅是因为最初的想法只是创建一部游戏所需工作的一小部分，而且是因为游戏公司的任何人都可以为游戏提供足够的概念。当前员工提出的所有想法都可能更适合该公司，因为他们更熟悉公司内现有的技能、必须使用的内部工具、购买游戏的用户以及常规预算，他们的游戏理念可能会发挥这些优势。

概念文档

将一个游戏创意转化为一个简短的概念文档会给它带来一些价值。你已经充分考虑了这个创意，将其元素（如故事、场景、游戏玩法等）形式化为一个简短的文档。这一过程迫使你考虑游戏实际上是如何运行的，去除那些明显不可行的想法。概念文档可作为建议提交给管理层，经审核后进一步推进。（有关概念文档的更多讨论，以及创建它们的模板，请参见下一节。）

如果你是学生，一定要制作多个概念文档。本书包括三个概念文档模板，一个在下一页，另两个在附录 C 中。这里的模板适用于娱乐游戏，附录 C 中的两个分别适用于教育/严肃游戏和游戏改编。创建一个适合每个模板的单页概念，去掉冗长和缺乏重点的内容，坚持用一个页面展示所有，会迫使你专注于设计中最关键的元素。在叙事设计课程中，你可以选择这些文档中的一个，以此为模板构建你在本学期剩余时间内创作的作品。

把你的概念文档想象成备忘单（或者总结单，如果你愿意的话），当你展示你的游戏理念时，你可以将它分发给听众。听众包括公司高管、经理以及想要了解你所说内容要点但不想读太多的人，因此，你的概念文档务必简单、直接和集中。概念文档包含基本的关键信息，而演示文稿提供了更多细节。概念文档演示结束后，听众会对你想法中的亮点久久不忘。

请注意，在模板中，斜体文本是对概念文档所需信息的说明。

我职业生涯中从事开发的大多数游戏都属于娱乐类型的游戏。如上所述，它们都是从概念文档开始的。对于这些游戏来说，玩家的享受最重要，接下来的概念和游戏设计文档（比最初的概念文档要长得多、涉及面更广）会将重点放在这一点上。确保游戏能够吸引玩家，带给他们娱乐和挑战是这类游戏开发过程中需要持续考虑的问题。

我也参与过一些教育性或严肃性的游戏。它们从第二种类型的概念文档开始，然后从那里进入游戏设计文档阶段。在这些游戏中，玩家需要有学习一些东西的合适的机会。这意味着在这类游戏中，提供信息会与创造用户喜欢的东西这一惯常的目标相矛盾。让玩家了解全球变暖、家庭、糖尿病、痴呆等知识的游戏是对游戏媒介和整个社会的宝贵补充，但这些游戏也需要吸引玩家，提供有趣的挑战和/或故事，以保持玩家的注意力。

第三种类型的概念文档用于游戏改编。在我的职业生涯中，我有很多机会从事 IP 方面的工作，这些 IP 诞生于一种媒介中，然后游戏开发团队将其应用到游戏中。在 TSR 工作期间，除了开发《龙与地下城®》系列游戏产品外，我还参与了基于印第安纳琼斯电影和柯南书籍（罗伯特·欧文·霍华德著）的角色扮演游戏。当我进入数字游戏领域时，我参与了许多游戏的改编工作，从基于系列漫画《惩罚者》的游戏到基于《壮志凌云》《侠盗王子罗宾汉》和《小鬼当家 2》等电影的游戏，我在大型多人在线游戏（MMO）《上古卷轴 OL》中所做的工作可以被认为是对单人游戏到大型多人游戏的改编。在写这部分内容之际，我正在做一个基于韦恩·巴洛的幻想小说《上帝的恶魔》的棋盘游戏，这是我最新的 IP 改编项目。

正如你所看到的，游戏开发人员有机会对其他行业的 IP 进行改编。编写游戏改编概念文档的作业向学生展示了游戏开发工作的相关方面，他们可以选择任何自己想要的 IP，只要它们还没有被进行过游戏化改编。让学生做选择有助于确保他们选择的主题是他们感兴趣的内容，这将带来更具吸引力的体验。

概念文档模板——娱乐游戏

游戏名称

给你的游戏起个名字！在填写完模板的其余部分后再填写此项。

目标受众

你的游戏是为谁设计的？谁会喜欢呢？

主要设想

用几句话描述你的游戏。

类型

这是什么类型的游戏？它和什么样的游戏类似？

描述

描述游戏的外观和感觉。简要描述游戏世界、玩家在其中的位置等。给出比上文中的“主要设想”部分更多的细节。

故事

你的游戏的故事是什么？为什么玩家会出现在这里，他/她

在做什么？他/她的最终目标是什么？（即使游戏中没有明确的故事、人物和对白，也应该有玩家的背景和目标。）

背景/环境

列出并简要说明游戏的背景/环境。玩家在游戏中会看到什么？他/她将要去哪里？

特点/游戏玩法

列出游戏的重要特点，并举例说明其玩法。本部分应是对上文中的“描述”部分的补充，而不是重复。列一个项目清单会很有效。这种游戏玩法如何匹配你的故事和背景？

独特卖点

你的游戏的独特卖点是什么？它与其他游戏有什么不同？

关于基于现有 IP 创建游戏的另一个注意事项是：在你真正完成之前，你可能会认为它限制并扼杀了你的创造力。我发现正好相反，有了这个预先建立的基础，思考粉丝们喜欢这个 IP 的什么地方，并决定将这种体验融入你的游戏中，可以给你一个坚实的开始方向，并使你在一个完善的框架内发挥创造力。这可以让你从盯着一张空白的画布，困惑如何开始游戏设计、在哪里设置，甚至是什么类型的游戏体验中解脱出来。

我工作过的一家电子游戏公司取消了我们的一个项目，公司管理层决定让团队（除作家外）只做美术、动画、声音和编码工作，而不需要基于任何故事去创造内容。这支由大约 40 名经验丰富的游戏开发人员组成的团队苦苦挣扎了一个多月，拿不出任何像样的东西，直到管理层最终醒悟并结束了实验。坚实的基础对好的设计来说是至关重要的——有时候，以既定 IP 的形式获得这样的基础是一项巨大的优势。

在游戏行业中，一旦一个概念被管理层批准，就可以被进一步开发。下一步通常是团队创建游戏设计文档。这项任务通常落在叙事设计师、创意总监或首席设计师身上。无论是谁编写了文档的初始版本，所有领域的负责人都会对游戏设计文档进行审查和评论，并对其进行多次修订。管理人员会审查这些更详细的游戏计划，要么让它进入开发阶段，要么要求进一步修改和完善（有时也会取消项目）。

我喜欢在游戏设计和叙事设计课程中模拟游戏开发的这一阶段。学生选择一个他们编写的概念文档，并在游戏设计文档的上下文中进一步发展该想法。附录 C 的游戏设计文档模板中，一个用于数字游戏设计，一个用于模拟游戏设计（棋盘、纸笔角色扮演游戏、卡牌等），还有一个用于互动小说游戏设计。从概念阶段转战到游戏设计文档阶段将使我们坚定地进入预制作阶段，我们将在第 9 章中讨论游戏开发的这一阶段和后续阶段。

第 6 章
玩家至上

关于游戏，没有什么比你的用户即玩家更重要。你必须了解你的用户，去理解他们想要寻求的体验。如果你的游戏不能提供这种体验，它就会直接进入淘汰箱。

但玩家想要什么呢？你如何决定在你的游戏中提供什么和排除什么？是什么让玩家从数千个他们可以选择的游戏中选择你的游戏，玩它，并且持续玩它呢？

这是一个困扰众多开发者的问题。在这一章，我们将逐步学习如何回答这个问题。

谁是你的玩家？

了解玩家的一种方法是把自己作为一个玩家来分析。这种分析方式涉及的两个著名工具分别是巴特尔分类法和 Quantic Foundry（QF）调查。

巴特尔分类法：将信息组织到类别或层次结构中的一种方法，

源于 20 世纪 90 年代中期理查德·巴特尔所发表的一篇论文。论文根据玩家在游戏中的行为或动机，将他们分为成就者、探险者、杀手和社交者四个基本类型。

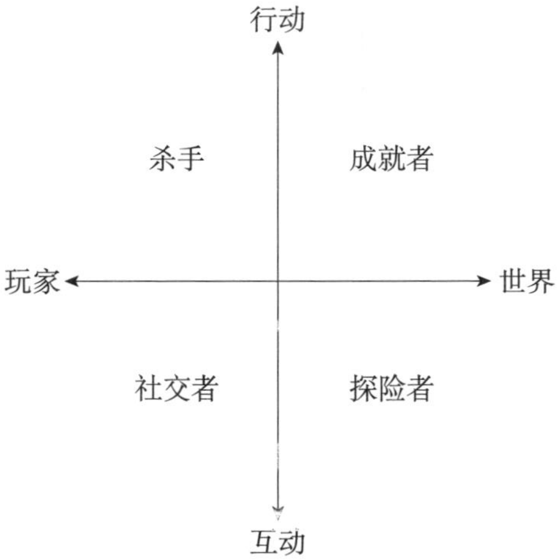

图片来源：https://en.wikipedia.org/wiki/Bartle_taxonomy_of_player_ types。

成就者努力征服世界和其中的一切。他们希望在排行榜上名列前茅，完成每一项任务，找到每一件物品，等等。他们想要在世界中行动并在游戏中取得成就。

探险者积极探索游戏世界的每一个角落和缝隙，找到每一个隐藏的区域，揭开每一个秘密。他们乐于发现，乐于与世界互动。

杀手是一个奇怪的群体，他们的愿望是对其他玩家采取行动。有些杀手喜欢通过恶作剧、团队杀戮和其他恶意伤害行为破坏他人的游戏体验；有些杀手试图帮助他人，以改善他们在游戏中的体验。想象一下，你是游戏中的一个新角色，在荒野中冒险，只穿着一级的破布，握着一根尖尖的棍子，突然，一个骑在飞马上的发光的圣骑士从空中飞了下来，把坚固的盔甲和一堆奇特的武器扔在你脚下，然后飞走了——这名玩家也是一名杀手，但他以积极的方式对待其他玩家。

最后是社交者，他们通过游戏与他人互动，把所有的游戏时间都花在公会上，陪着其他人进行突袭，并制作物品来帮助其他玩家。在单人游戏中，社交者会从与有趣的非玩家角色交谈和了解他们的故事中获得满足感。

虽然我们经常把这些动机当作独立的玩家原型来讨论，但实际上，你会在大多数玩家身上发现所有这些动机的混合，没有人是100%的成就者、探险者、杀手或社交者。这种混合不仅取决于我们正在玩的游戏，还取决于我们在游戏过程中的情绪。在第一人称射击游戏（FPS）中，我们可能是50%的成就者、25%的杀手和25%的探险者。如果我们心情不好，我们可能更像杀手而不是探险者。在角色扮演游戏中，我们可能是30%的探险者、30%的成就者、25%的社交者和15%的杀手。

当你玩一款模拟（桌面）游戏，例如棋盘游戏、纸牌游戏或纸笔角色扮演游戏时，你总是会有一种社交动机。从定义上看，桌面游戏是一种社交仪式，它把朋友们聚集在一张桌子旁。其他动机的出现很大程度上取决于你玩的游戏类型以及你与谁一起玩。

巴特尔分类法是一种非常有用的工具，可以用来分析你的玩家，但它也具有灵活性和开放性。记住这一点，不要忘记它会随着游戏类型的不同而变化。

Quantic Foundry：该组织通过在他们的网站（https://quanticfoundry.com）上进行在线调查，收集有关玩家和他们的游戏动机的信息。这项调查通过询问你玩什么类型的游戏以及为什么玩这些游戏来建立一个档案。它建立了你作为游戏玩家的档案。这个档案比巴特尔的分类更详细，但是它不涉及你会出于不同的原因玩不同的游戏这一点。

以下是能够帮助你深入了解玩家动机的双重任务（参见附录C中的“分析作为玩家的自我”任务）。第一部分要求你考虑你玩的几种游戏，想想是什么促使你玩这种类型的游戏。你要为每种类型的四种巴特尔动机分配百分比（总计100%）。然后解释你这样分配的原因。

任务的后半部分是去QF网站进行玩家调查。对于数字游戏玩家，QF主页上有一个此调查的链接，可供获取玩家动机档案。对于模拟游戏玩家，点击QF主页右上角的“实验室”（Lab）链接，会显示一个页面，该页面的第一段包含棋盘游戏动机简介的链接。

调查生成的图表描述了你的主要和次要游戏动机。这些图看起来就像蜘蛛网——如果蜘蛛被注射了麦角酸二乙基酰胺（LSD）。然而，它们使你很容易看到你作为一名玩家的动机之间的平衡。

现在，将这两种情况并排进行比较：根据巴特尔分类法对你的动机进行分类，以及根据QF调查得出的图表分析结果。你觉得哪一个最准确地描述了你玩游戏的原因？

如果这项作业是在课堂或游戏设计小组中完成的，请至少回顾其他两个人的自我分析。通常，你会发现玩家的动机有着惊人的变化。

关键是，你的游戏用户中只有一小部分与你想的一样，你的目标受众比你想象的更加多样化。在你决定游戏的玩法、故事和美学时，考虑用户的潜在广度很重要。

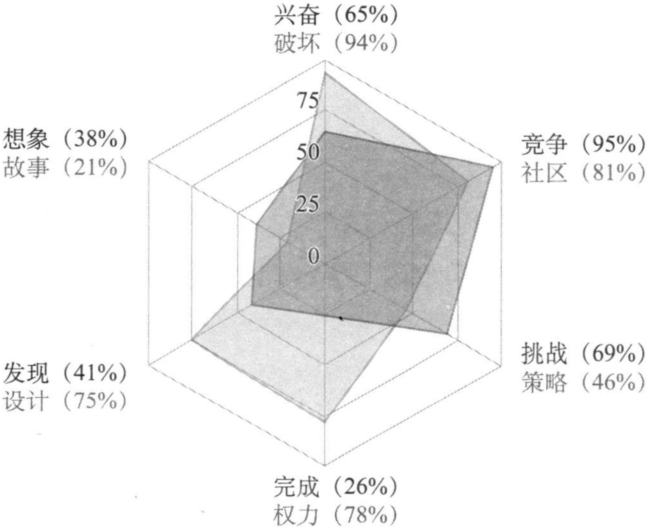

图片来源：Quantic Foundry。

玩家想要什么？

这里有一个类似的练习，要求学生列出尽可能多的游戏类型，然后在每个类型中写下一到两个核心游戏机制。创造玩家体验的关键是什么？当教师在课堂上进行这项训练时，要求学生只填写他们成功的经历，即能够传达玩家喜爱的体验的游戏，那些没有做到这些的游戏不在此列，很快会遭人遗忘。

玩家想从第一人称射击游戏或第三人称射击游戏（TPS）中得到什么？多人在线战场（MOBA，如《英雄联盟》）是什么情况？或者角色扮演游戏？为了从不同的角度看待这些问题，本课程可以创建一个类型列表。学生们应该就一两种游戏机制达成一致，这对于提供玩家想要的体验至关重要。本练习可以帮助学生更多地思考在创建任何一种类型的游戏时，开发人员（包括他们自己!）的努力应该集中在哪里。

例如，考虑到FPS/TPS类型，学生可能会决定最重要的元素是出色的作战机制和各种各样的武器与装备。通过剔除这些机制，我们找到了开发人员应该集中精力的领域——能够带来最大收益的机制。

你将如何提供这种体验

现在，你已经选择了一种游戏类型，并考虑了该类型的游戏的受众。接下来，你需要一个进攻计划来真正实现你的玩家想要的一切，并提供他们不知道自己想要的东西，以带给他们惊喜。

你的游戏机制——它实际运作的具体细节——需要足够强大。你对它们的测评越挑剔，甚至残忍，玩家们会越满意。

询问每种机制如何改善玩家体验。当你不能想出一个好的答案时，是时候把这个概念留在剪辑室了。正如斯特伦克和怀特在他们关于写作的经典教科书中所告诫的那样："省去不必要的词语!"同样严格地审视你的机制，然后优化所有能够达到标准的内容。

这也不是一次性的练习。在开发过程中的各个阶段，你要反复检查你的游戏及其机制。正如我们前面讨论的，游戏每天都在变化和发展，机制也需要相应改变以保持同步。如果一个在最初的概念中有意义的想法在开发六个月后不再有效，那么就毫不犹豫地删除它。你需要关心的不是保存你自己的工作，而是交付一个连贯的、引人入胜的最终产品。

游戏测试

没有必要猜测玩家想要从你的游戏中得到什么。在前期制作阶段，尽可能早地、尽可能多地征求他人对你的游戏设计方案的意见。把你的设计方案展示给学生、教师、游戏开发人员和游戏玩家——任何愿意通读它们并给你反馈的人。尽管很难要求别人做出反馈（包括接受别人的反馈），但这种反馈可能是导致成功或失败的关键。越早有人指出你计划中的问题，解决这些问题就越便宜、越快、越容易。在开始制作时，发现设计中的一个基础问题，可能会花费团队数千小时的精力。

同样地，一旦你有游戏可供玩家反馈，一定要将游戏测试置于制作过程环节。无论你的游戏有多么粗糙或不完整，都要提交给测试人员，听取他们的建议，请求他们对游戏的特定方面给予反馈，然后以此给予自己的游戏针对性的加强和改正。这有助于测试人员提供对你最有用的反馈。

关于游戏测试反馈，需要记住的重要的一点是：你不必做所有人说的事情，你得到的一些反馈有可能相互矛盾。你是这项工作的创造者，你需要确定哪些反馈有助于改进游戏、哪些不能。只要确保把你的自负放在一边，仅根据建议是否有助于提升游戏来考虑每一条建议。

请记住，你并不能完全代表游戏用户，但你邀请测试游戏的每个人都代表了用户的一部分。他们的反馈可能会让人惊讶和沮丧，但是把你的自负放在一边，倾听每一条建议和评论，这是你的目标受众的直接回应，是判断你是否达到了目标的最佳方式。

记住，玩家才是最重要的

归根结底，还得回到玩家身上。为了在提供一款成功的游戏中做到最好，你需要了解你的玩家，知道他们想要从你的游戏中得到什么，并将你的精力集中在对提供这种体验（以及更多!）而言至关重要的因素上。用一种新的机制或对旧机制的改造给玩家惊喜自然是好的，但新加入的内容必须始终有效地提升玩家体验。不要仅仅因为独特性，或者因为它看起来很酷，就轻易添加一种机制。把你的注意力放在玩家身上，让你为他们创造的体验成为你的向导。

第 7 章 团队也是关键

我们已经讨论了玩家，即游戏的受众，但是那些打算制作游戏的人呢？不同的游戏类型需要不同的开发技能。游戏团队总是包含不同的个性、不同的背景和对游戏在我们社会中的位置的不同看法，但对于所有成功的团队来说，一个共同的因素是将每个团队成员的创造力融合在一起，并致力于创造出最好的游戏。没有达成共同目标的团队通常无法提供一款好的游戏甚至任何游戏。

除了需要游戏开发团队朝着同一个方向努力外，团队成员的所有技能集合还需要适合所创建的游戏。游戏的类型和风格决定了创造游戏所需的技能，团队的组成也由此而来。

在第 4 章中，我们讨论了软技能对于游戏项目的成功和所有游戏行业从业人员职业生涯的重要性，整个团队的综合软技能通常决定着项目的成败。

创建模拟游戏（棋盘游戏、纸牌游戏、纸笔角色扮演游戏）所需的技能集合是数字（视频和电脑）游戏所需技能的子集，所以让我们先来讨论后一种团队。

游戏开发团队

对于数字游戏项目来说，团队成员需要具备广泛的学科和经验水平。在一个大的团队中，会有很多人担任这些角色。这类团队通常为每个领域（设计、叙事、声效、美术、动画等）配备一名负责人，他将与其他科目的负责人进行互动。该成员还领导其子团队中的人员，给他们分配各自领域的任务，并密切关注其工作进展。在小型团队中，许多人会负有多重责任，扮演多个角色。

下面是对一个数字游戏团队中的职位的简要描述。

创意总监：这个人监督团队中每个人的创意工作，最终要对项目开发过程中的每一个设计决策负责。创意总监更像是一个管理职位，而不是一个日常的创意职位，因此对于喜欢从头到尾参与内容创建的实际开发人员来说，这可能不是一个让他们感到舒服的角色。

制作人：这个人负责日程安排、人事问题以及与公司管理层的沟通。制作人的地位与创意总监平行，责任范围非常明确。在运行良好的团队中，制作人将所有创造性决策留给创意总监，而创意总监将所有人员和日程安排问题留给制作人。在超过 25 人的团队中，你经常会发现有助理/副制作人（理想情况下不会太多，因为一个成功的游戏开发团队需要比管理者多得多的工作人员）。

游戏设计师：除了最小的公司，这个群体一般由数人组成（在大型项目中，会多达几十人）。这些人负责设计游戏的系统、机制和玩家将面临的挑战。这个群体一般设有负责人（首席设计师），向创意总监汇报并指导其他设计师。

其他设计领域（叙事、脚本、关卡、声效等）通常属于游戏设计的范畴。以下是对这些子领域的简要描述：

叙事设计师执行项目所需的写作任务。这包括非玩家角色对白、装备描述和游戏中出现的文本。他们通常会编写许多前期制作文档（概念文档、游戏设计文档等），以确保项目开始时，整个团队都获悉等同的相关信息。叙事设计师的任务通常是，随着游戏设计的变化而更新设计文档（这几乎是每天都要做的事）。

关卡设计师构建游戏环境。他们需要具备艺术和建筑技能才能胜任自己的工作。在游戏的一个关卡或区域被规划出来后（在关卡设计文档、区域设计文档或其他文档中），关卡设计师通常是第一个在该区域工作的人。他们在游戏引擎中构建地形，添加建筑物（通常由美术设计师创建）、树木、植物和道具，为场景增添活力。当关卡设计师建造环境，尤其是人造环境时，他们会追问每个空间为什么而创造、如何运作以及其中的居民如何生活等问题。

关卡设计师的工作大致分为几个环节。在布置完地形和建筑之后，这个区域通常就会移交给游戏设计师或脚本设计师，后者会添加角色和事件，充实该区域，并测试游戏的可玩性。为提供更好的游戏体验，关卡设计师有时还需要回头进一步调整该区域的布局。游戏审核通过后，关卡设计师将再次返回该区域，润色植物群和道具层的美术效果。

脚本设计师负责将游戏玩法添加到关卡设计师创建的区域中。他们使用游戏编辑器添加非玩家角色，让玩家与之互动，给这些角色提供位移和动作功能、对白或与玩家角色对白，以及使其对玩家在游戏世界中的存在做出反应。脚本设计师还会添加发生在玩家周围的事件，这些事件可能是由玩家的操作触发的，也可能是按计划在特定时间发生的，无论玩家在做什么。

请注意，虽然关卡设计师和脚本设计师具有不同的技能、承担不同的任务，但在某些公司，一个人会兼任这两个职位。这个人需要将关卡设计的艺术技巧与脚本编写所需的游戏设计感结合起来。

声效设计师决定游戏的听觉环境，创造并实现声音效果、环境声音和音乐。这些开发人员通常在自己的音箱中创造自己的音频效果，但也有许多声效设计师为了节省时间而使用音效库。声效设计的工作原理之一是，玩家的每一个动作都应该让人听到声音。沿着走廊走，打开门，用武器击打某物（或某人），遭受伤害——所有这些活动都会触发声音。当玩家注意到游戏世界对他们的每一个动作都做出反应时，游戏世界就变得栩栩如生了。

作曲家的职权范围隶属声效部门，但他们的任务和技能往往与声效设计师是分开的。这些开发者创作了音乐，从而增强了故事对玩家的情感影响。有时，声效设计师也会为游戏创作音乐，但多数时候这些任务都会外包给专门研究电子游戏配乐的自由职业者。

美术设计师：美术设计师对游戏的视觉质量负责。在较小的团队中，可能是一个或两个美术设计师负责处理一系列美术任务，但在大型团队中，该业务可能由许多不同的部门和小组分工完成。

概念设计师创造角色、物品和场景的二维图像，为开发提供起点，这些图像通常基于设计师或领域负责人撰写的文字描述。这些图像将团队对角色和地点的想法带到现实生活中，并让所有人都能在视觉上达成共识（或争论），是游戏开发的基础。

角色设计师从概念美术开始，创建人物、动物和怪物的2D形象或3D模型（取决于你正在创作的游戏类型），动画师将通过动作、面部表情和手势赋予它们生命。

交通工具和设备设计师创建物品的2D形象或3D模型，这些物品可能是车辆、武器、盔甲、设备、工具、书籍等，它们将被放置在游戏世界中，供玩家与之互动，并使世界感觉更真实。

环境设计师设计让游戏世界充满活力的物品，这些物品随后被关卡设计人员用于创造建筑物、植物、地形特征、杂物和道具——关卡设计人员可以添加的任何让世界看起来更具细节感和生活感的东西。关卡设计师和游戏设计师经常与环境设计师互动，要求添置新物品，请求对现有物品进行更改，通力合作，使游戏区域尽可能有趣和吸引人。

用户界面设计师尽可能让游戏的用户界面具有吸引力和直观性。除了规模极小的游戏开发团队外，所有团队都有一名美术设计师负责制作游戏界面；还有一名程序员，其工作至少部分涉及对这项工作的支持。用户界面是玩家进入数字世界的窗口。让用户界面干净、直观，在任何情况下都只向玩家提供他们需要的信息，这一点至关重要。

技术设计师是一个相对较新的职位，介于美术设计师和程序员之间。技术设计师协助开发美术设计师在完成项目任务时所需的工具，用附加组件补充游戏开发环境，简化工作流程和管道。相对于团队其他人，他们更有技术头脑，是程序员和美术设计师之间的关键纽带。

动画设计师：这个岗位包括动画师和装配工两个职位。在过去，这只是动画设计中的两个独立工作环节，但随着游戏变得越来越复杂，形成了两套截然不同的任务。

一旦角色设计师完成了模型制作，装配工是第一个处理它们的人（他们同时处理交通工具、武器和其他有运动部件的物体）。他们最主要的工作是将骨骼和关节放入角色模型中，让角色身体的各部件能够弯曲和移动。骨骼不仅仅存在于人类（和生物）有骨骼的地方，如果角色的头发被期望在奔跑或刮风时飘拂，那么它们也需要骨骼。如果角色有斗篷，那件斗篷就也需要骨骼：角色移动时，斗篷就会自然飘动。马的鬃毛和尾巴需要有骨骼，这样才能让马的疾驰看起来自然。为了让角色拥有逼真的面部表情，也需在他们的嘴巴、脸颊、眼睛和眉毛周围安置骨骼。

动画师负责处理装配工放置在模型中的骨骼结构，确定它们的运动方向、每块骨骼移动的距离，保证同一个模型中所有骨骼之间的运动同步。如果你看到一个角色在跑步，动画师需要模仿跑步角色的所有同步动作——腿如何相对运动，手臂如何移动，还有臀部、脊椎、头部的转动等。鉴于我们对包括人在内的生物如何真正移动具有先天意识，动画师（和装配工）的工作必须严谨，以使游戏中的角色的移动看起来更真实。

程序员：程序员是所有数字游戏开发团队的基石。数字游戏中发生的一切都取决于代码，内部编写的代码量的多少取决于是否需要开发独特的游戏引擎。运行自己的引擎会给程序员带来很大的负担（通常还会大大延长游戏的开发时间），但它可以让你根据团队的具体需求对之进行灵活的微调。使用第三方游戏引擎，如 Unity 或 Unreal，则可以缩短开发周期，但会牺牲一些灵活性和定制性。无论哪种方式，游戏中的一切都取决于它的代码。游戏机制是否如人所愿，团队程序员的作用至关重要，技术上的限制常常会使这些机制偏离设计人员最初的设想。

质量保证：这些人是能够发现游戏中所有漏洞和错误的开发人员。玩家的需求既刁钻又令人防不胜防，质量保证部门的测试员必须将游戏世界的可能玩法推至极限，发现所有超出预期的边缘案例，同时还要查找游戏中出现故障或异常的地方，及时将错误报告给相应的责任人，由其决定如何（以及是否）修复。

虽然整天玩游戏听起来是一项很棒的工作，但它并不像你想象的那么有趣。如果一名测试人员从世界的裂缝中跌落，而一名关卡设计师指出问题已得到解决，那么质量保证部门的人员需要返回该位置，并可能在接下来的八个小时内不停地跳伞，在地面上跑来跑去，以确保问题真的得到了解决。你可以想象这份工作有时会变得多么乏味。

图片来源：Needpix.com。

与大家合作

游戏开发团队成员变动不居，个性迥异。与团队中的每个人和睦相处并不重要，但能够与他们一起工作是至关重要的。

有些游戏开发人员在大多数情况下只需要与少数人互动。例如，动画设计师通常只需要与一两名装配工、一名角色设计师以及动画团队负责人互动。偶尔，他们可能会与游戏设计师或程序员讨论某个特定问题。

但在其他领域，尤其是本书最关注的两个领域，每天都需要与许多不同的人打交道。叙事设计师肩负的是写作和设计职责，因为游戏故事影响着开发的各个方面，这就使得他们要与各个领域的人打交道。游戏设计师的职责可能仅限于游戏的某一部分，但这些任务可能涉及与团队中从程序员到美术设计师的任何成员互动。

不管一个人的正式职责是什么，头脑风暴、给出（和接收）反馈以及增加创造力始终是工作的一部分。当一个团队或团队的一部分面临问题时，头脑风暴会议通常是想出创造性解决方案的最佳方式。来自不同学科的开发人员聚集在一起，可以提供关于如何修复问题的各种想法。当你在一个团队中时，接受头脑风暴的号召并为小组讨论做出贡献是你工作的一部分。

正如在第 4 章中所讨论的，反馈是改进任何游戏的强大引擎。回顾你队友的工作，并给予他们建设性的反馈，是你工作的一个重要方面。这是每个人都应该培养的技能，最好是在学校就养成。另一方面是能够接受反馈。每一项创造性的任务都或多或少涉及自我，在听取他人反馈时保持克制，有助于你接受对工作的不同观点，并获得改进工作的机会。在游戏开发中，每个人都代表着你的目标受众的某一部分，所以请倾听这些意见！

记住，这不是你的游戏，而是团队的游戏。请把自我放在一边，抓住这个最佳机会，最大限度地为项目做出贡献。

模拟游戏开发团队

上述文字主要讨论了数字游戏开发团队。模拟游戏（棋盘游戏、纸牌游戏、桌面角色扮演游戏等）有更为精简的团队结构。

模拟游戏团队不包括程序员、动画设计师/装配工、声效设计师/作曲家、关卡设计师等，他们通常也没有创意总监，这个角色一般由首席设计师担任。剩下的职位（游戏设计师、美术设计师等）仍然存在，但参与其中的人要少得多。我参加过许多数字游戏团队，其中有的团队的游戏设计师多达 30 名，但我参加的最大的模拟游戏团队中只有 3 名游戏设计师。大多数模拟游戏都有一位美术设计师，他负责创建概念美术、卡牌美术、游戏桌面艺术等。很多卡牌或有其他美术需求的游戏（例如《魔法风云会》）拥有大量稳定的美术设计师，包括正式人员和自由职业者，他们需要创作许多图像。

有一个职位经常出现在模拟项目中，但在数字项目中却没有，那就是平面设计师，他们负责设计地图、桌面、玩家辅助卡等。

从最基本的情况来看，一款模拟游戏只需要几个开发人员（甚或是拥有多种技能的一个开发人员），仅有游戏设计师和美术设计师就可以组成一个完整的棋盘游戏团队。一款桌面角色扮演游戏可能需要几名设计师、一名作家（或具有写作技能的设计师）和一名或多名美术设计师。AAA 模拟团队可能会发展得更大，但远不及 AAA 数字游戏的规模和多样性。

这对老师和学生意味着什么

那么，以上所有信息是如何影响学生和他们的老师的呢？回顾一下游戏开发团队中的所有人。在一个大型数字项目中（我曾加入了一个多达 450 名开发人员的团队），每个职位都有几十人。想想这些项目所涉及的不同个性和观点，学生们应如何为游戏行业的职业生涯做准备？教师如何帮助他们做好准备？

培养创造力和学科技能当然是准备过程中的一个重要部分。但更重要的一部分是让学生们认识到，他们在游戏行业的绝大多数工作将涉及与其他开发者的互动。培养学生的软技能，对于他们为这一职业做准备至关重要。教师可以要求学生小组讨论他们的作业，互相审查，并提供反馈。在每门课程中至少加入一个小组项目是个好主意。

学生需要合作经验，这样既可以磨炼他们的软技能，也可以在面试者询问他们参与了哪些小组项目、这些项目进展如何、遇到了哪些问题以及他们如何处理这些问题时，举出一些例子。这些问题在游戏行业的面试中经常被问到，我以面试官的身份问过他们，也以面试者的身份回答过他们。

个人项目可以展示学生的创造力和职业道德，但它们不能告诉雇主该学生与他人合作的能力，而这是在游戏行业获得成功的关键技能。可以让学生组成团队，模拟真实世界的工作环境。我把学生分成 3 到 25 人的小组，各组人数各不相同，但越大并不一定越好，我见过的最好的一场学生团队比赛来自一个只有 8 名学生的团队（向琶音团队致敬!）。这些团队项目是游戏行业面试官想要了解的经历。

尽可能多地将团队项目纳入游戏设计课程。在衡量一个人是否具有游戏行业所希望看到的创造性和交互性方面，这种经验比分数更有价值。

第 8 章
游戏类型及其玩家

类型期望

每款游戏都至少属于一种类型，有些交叉游戏会属于两种或多种类型。游戏《10 000 000》结合了无尽奔跑、连线消除和角色扮演游戏的元素，《纸境奇缘》结合了动作冒险游戏、角色扮演游戏和打字练习游戏，甚至那些呈现全新玩法类型的游戏也属于一种类型——一种自我创造的类型。

对于游戏开发者，尤其是叙事设计师来说，了解他们的游戏适合什么类型至关重要。它是第一人称射击游戏、冒险类游戏、平台游戏还是多种类型的创新组合？答案决定了游戏开发应该选择的路径。

同样，对于游戏设计专业的学生来说，考虑他们的游戏适合哪种类型，该类型的玩家对这类游戏的期望是什么，以及他们的游戏将在哪里达到或超过这些期望（或颠覆他们的期望）同样重要。

每种既定类型都有自己特定的游戏玩法、控制方案、故事、用户界面、修辞等标准，游戏开发者需要对这些类型标准都了然于胸。对于玩家和开发者来说，在遵守一个类型标准的基础上，又将它推向新的方向，可以重振一个已经过时的游戏类型。每一款游戏都应该添加新内容，哪怕只是对现有游戏机制的一个小小的调整。

想想手机游戏。连线消除游戏，如获得巨大成功的《糖果传奇》及其众多翻版，玩法简单却风靡一时。但在游戏变老之前，玩家能够玩的游戏玩法也就这么多，像《10 000 000》这样的游戏以连线消除为基础，然后混合了地牢爬行角色扮演和无尽奔跑的元素。其他手机游戏的玩法也是从连线消除游戏开始，添加了策略游戏机制、社交/大型多人在线游戏框架，或从获得了成功的竞争对手那里借鉴一些想法。将新的游戏玩法元素叠加到简单的机制上，比起重复那些已经熟悉的内容，能够让玩家投入更多时间。大预算主机游戏有更多可移动的元素，但它们也融入了其他类型的理念，现在还有多少动作游戏以像物品栏和技能树这样的角色扮演游戏元素为主要组成部分？

下面，你会看到一些主要游戏类型，以及每种类型的核心机制和玩家希望从这种类型的游戏中得到的东西。这些类别中有很多是重叠的，所以很多游戏可能不只是属于一种类型。

如果你是一名老师，你可以将其作为一项课堂活动，让学生说出每种类型的名称和核心游戏玩法，然后将它们写在白板上。你很容易就能在学生们没有想法之前填满一堵墙。请注意，关于某一类型中哪些核心机制对玩家体验最为关键的看法，往往会因人而异。我下面的列表是基于我玩这些游戏的兴趣和经验，它们可能与其他人列出的列表有很大的不同。以我的清单为例。

角色扮演游戏（RPGs）（如《上古卷轴》系列、《巫师3：狂猎》、《辐射：新维加斯》）：

- 核心机制——故事、战斗、探索、角色发展。
- 玩家想要在一个有丰富故事的深度游戏世界中，无论是与真人（桌面RPG）还是看似真实的非玩家角色（数字RPG）互动，均获得一种强烈的社交和协作体验。

平台游戏（platformers）（如《超级马里奥：奥德赛》《雷曼：传奇》）：

- 核心机制——围绕关卡、谜题和身体移动挑战。
- 玩家想要快速移动，获得持续挑战和奖励的有趣体验。

策略游戏（strategy games）（如《帝国时代》《星际争霸》）：

- 核心机制——建造、资源收集、科技树、各种职业、战斗。
- 玩家想要在不同的情况下使用层出不穷的策略，以及掌握双方可用战术的运筹帷幄的感觉。

赛车游戏（racing games）：

赛车游戏有两种截然不同的类型——模拟和街机。

- 模拟（如《GT赛车》《极限竞速》）：
  - 核心机制——车辆制造和升级、逼真的轨道、汽车参数。
  - 玩家想要感觉自己在真实地驾驶着他们在现实生活中可能从未见过的赛车，获得一种尽可能接近真实的体验。
- 街机（《马里奥赛车》《碰碰车的美国》）。
  - 核心机制——快速、有趣、刺激动作、玩家间的大量互动。

—玩家想要一种有趣的社交体验，在游戏中有很多机会与朋友互动。

多人在线战术竞技游戏（MOBAs，如《英雄联盟》《刀塔 2》）：

- 核心机制——英雄能力、地图布局、兵线战术和团队合作。
- 玩家想要快节奏的战斗、强大的团队协作、多种可供挑选的英雄，以及流畅的游戏玩法。

大型多人在线游戏（MMOs，如《魔兽世界》《最终幻想 14》《星战前夜》）：

- 核心机制——社交互动（公会、突袭等）、制作、战斗、刷关卡、探索、角色扮演。
  - 请注意，大型多人在线角色扮演游戏需要庞大的游戏世界和引人入胜的内容，才能让玩家长时间在线，因此，这类游戏使用多层次的核心机制，可以吸引许多不同类型的玩家。
- 玩家想要更多的社交体验（否则他们会玩单人角色扮演而不是多人角色扮演游戏）；他们希望进行具有挑战性的战斗——通过不同的“创建”和玩法、强大的角色扮演和性格塑造元素、稀有物品和幸运点数、与其他玩家群体的合作或竞争，以及去探索一个深不可测的世界。

恐怖游戏（horror）（如《寂静岭》《失忆症：黑暗后裔》）：

- 核心机制——战斗和/或谜题、频繁的惊吓、充满曲折和震撼时刻的神秘故事。
- 玩家想要体验震惊和恐惧，面对意想不到的事情，并揭开令人害怕的场景中的秘密。这些游戏几乎都是单人游戏，以增强恐惧感。

动作/冒险游戏（action/adventure）（如《神秘海域》《古墓丽影》《蝙蝠侠：阿甘之城》）：

- 核心机制——探索、故事、角色互动、战斗和/或难题与挑战。
- 玩家想要探索一个令人兴奋的、广阔的世界，遇见有趣的角色、吸引人的挑战和引人入胜的故事。

以上是几个游戏类型的例子，我们界定了它们的核心机制以及列举了让玩家欲罢不能的地方，你自己的列表会有所不同。还要注意的是，现在很多游戏都是混合式的，整合了两种或多种类型的游戏机制。

关键之处在于，你的游戏类型决定了它的核心特征设置。当你概念化你的游戏的时候，要找准它的类型分属，以及它会吸引哪些玩家群体，你的规划和开发精力应集中于此。

你应该在开发过程中定期检查你的设计，因为实施过程不可避免地会产生一些对原始概念的偏离，这可能导致开发过程失去重点，削弱该概念的核心吸引力。这个现象在大型团队中更是常见，因为游戏设计每天都会发生变化。

你需要时常重新校准方向，让每个人都朝着同一个目标前进。在游戏开发过程中，需要有意识地在多个点上努力，以保持专注。但这是值得的，伟大的游戏是那些坚持核心元素并打磨它们直到完美的游戏。

在游戏设计和叙事设计课程中致力于研究这一过程至关重要。这些课程所灌输的习惯，对于在游戏行业取得成功必不可少。其中一个习惯是不断分析你的设计计划（以及团队的设计计划），在修订循环中进行自省——创建、展示、获得反馈、复查和重复——这就是高效开发人员所遵循的循环。

第 9 章 游戏开发过程

在创建游戏的过程中，团队、玩家和游戏类型是如何结合在一起的？让我们先看一看数字游戏开发，然后在第 10 章中转到模拟游戏开发。

数字游戏开发——预制作

我们已经讨论过这样一个事实：所有的游戏都从一个想法开始，而且这个想法可以来自任何地方。你需要走出舒适区，到别处寻找灵感，并将其带入游戏领域！

但是，当你在开发团队中时，游戏的起点可能不是你的想法，甚至不是团队中其他人的想法，你工作的公司可能有权开发基于图书、电影或电视剧的游戏，公司方面会委托你的团队开发基于该 IP 的游戏。当我在 Volition 时，该公司当时归 THQ 所有，THQ 有权开发一款基于漫画《惩罚者》的游戏。我们提出了一个使用该 IP 的游戏理念，向公司管理层展示了我们的想法，从那时起我们开始开发电子游戏《惩罚者》。其他时候，公司会向员工征求游戏概念、收集想法，并对其进行筛选，以找到一个或多个看起来有希望的想法。这一过程促成了 Volition 的第一款游戏《黑道圣徒》的诞生，这是一款长期存在且非常成功的系列游戏的开端。

但如果你是一名独立开发者（或者是游戏设计课程的学生），你就得自己想出游戏的最初概念。一旦你有了这个想法，就要考虑如何把它变成游戏设计的元素。这时候使用概念文档模板（见附录 C）有助于将你的想法形式化并向其他人做介绍：这一步表明你已经考虑过如何扩展你的想法以及它的可销售性。一份写得很好的概念文档是一部绝佳作品集，可以向潜在雇主展示你的创造力。

一旦你写好了概念文档，你就需要获得关于你的想法的反馈。在我的游戏设计和叙事设计课程中，学生们需要写下长达一页纸的概念，并以小组形式向其他人展示，每个人都要阅读他人的概念并对其做出反应。学生利用他们在他人概念中所读到的内容来完善自己的作品，如同借鉴他人的想法是游戏行业由来已久的传统一样。（如果没有《街头霸王》，就不会有《真人快打》；如果没有《宝石迷阵》，《糖果传奇》也就不会存在。）如果你正在自己制作一款游戏，你需要找到朋友、家人，或其他会阅读你的概念并给你反馈的玩家。

在游戏开发过程的每一个步骤中，都要利用修订周期来完善你的作品。越早获得能够帮助你发现游戏设计缺陷的反馈，越能够快速且容易地修复这些缺陷并继续前进。

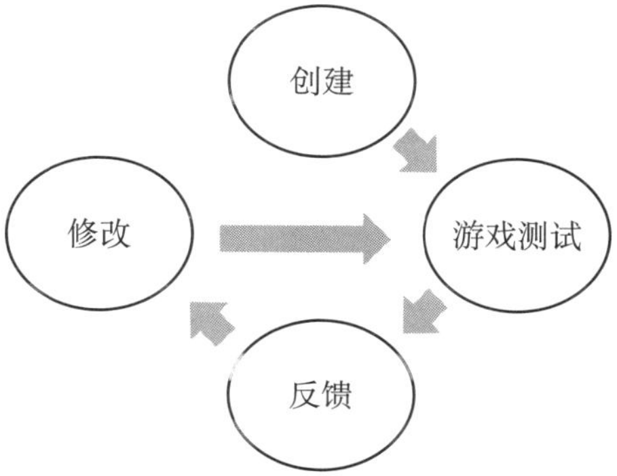

在创建和完善了概念文档之后，下一阶段是将其扩展为游戏设计文档，它会将你的游戏概念提升到下一个级别（参见附录C）。此模板的说明将引导你完成游戏设计的规划过程。如果你查看模板，你将看到开发游戏故事、设置（游戏世界）、游戏玩法、艺术风格以及对游戏听觉环境（声音和音乐）的初步想法的部分。

20～40 页的游戏设计文档对于游戏开发团队来说足够了，再多通常是浪费精力，过长的游戏设计文档会让本应是游戏最热情拥护者的团队成员感到困惑或厌烦。记住：你只是刚刚起步，未来还有数月或数年的路要走，你需要做出无数的决定（包括那些你现在还没有想到的）；在最终完成之前，你还会做出很多很多的改变。

尽可能简化你的游戏设计文档（或从它发展而来的维基页面），同时仍然传递团队开始开发游戏时所需的信息。在 19 世纪后期，普鲁士将军赫尔穆特·冯·莫尔特克说：“没有任何计划能在与敌人的接触中幸存下来。”记住那句话。游戏设计文档是你的作战计划，而打击“敌人”是执行。一旦你开始在游戏引擎中创建游戏，你的计划就会发生变化。你最喜欢的一些想法将被证明难以实施，或者你会开始实施一些东西，团队中的某个成员会想到一个更好的方法，或者整个游戏的焦点都会改变。

简而言之，你发布的游戏可能与你的游戏设计文档中的游戏大不相同。认清游戏设计文档的本质——你游戏的起点——不要花太多时间过度开发它。进入实施阶段，看看你的创造力会把你带到哪里。

编写游戏设计文档的设计师从来都不是精通游戏开发方方面面的杂家。例如，叙事设计师是团队的故事专家，首席游戏设计师是团队的游戏玩法专家，艺术总监是团队中的视觉专家，等等。在一个由不同人员共同履行上述所有职能的团队中，填写游戏设计文档是一项集体工作。在会议和头脑风暴中讨论出游戏设计文档的大致结构，游戏设计文档的初稿由叙事设计师（或另一名团队成员）执笔，来自所有相关方的意见周期、修订和进一步的会议则不断扩展它。

一旦游戏设计文档达到了感觉可以成为游戏开发的坚实基础的阶段，不同的团队负责人就会将他们的部分变成特定领域的文档。艺术总监负责艺术和美学部分，并将其发展为艺术风格指南。首席游戏设计师将游戏玩法部分转化为更详细的文档，详细描述游戏系统和机制。首席程序员开发了一份技术设计文档，其中列出了游戏的机制将如何编码，以及文件命名格式、游戏引擎细节以及团队的编码人员创建游戏技术基础时所需的任何其他内容。首席声效设计师可以负责声音和音乐部分，在为音频团队成员编写的文档中更详细地介绍这些元素。

许多这些特定领域的文档，以及当前版本的游戏设计文档，都被放到了所有团队成员都可以使用的内部维基的页面上。当游戏从前期规划转向实施阶段时，通常每个团队都有一个人负责维护和更新该团队的维基页面。

市场营销/受众信息

每个概念文档和游戏设计文档都应该包含至少一行关于游戏目标受众的信息，它们几乎决定了游戏内容的一切。如果你正在制作 AAA 级游戏，发行商将有一个营销部门来确定如何接触目标受众。但是，如果你是一名个人开发者，或者你在一家发行自己游戏的小型游戏公司工作，你需要考虑如何接触你的受众。你还需要进行竞争分析，花时间考虑你的目标游戏领域中还有谁，你将与哪些游戏竞争，等等，应该在游戏设计文档中添加一个详细的营销分析部分。

作为游戏设计和叙事设计课程的讲师或学生，最好创建至少一份带有营销部分的游戏设计文档，以表明你正在考虑你的游戏可能进入的竞争市场。在这个部分，你可以讨论你的游戏与已经发布的同类型游戏有何不同。我的概念文档模板留出了一个空间，供学生介绍他们游戏的独特卖点（USPs），着力强调他们游戏的推广方式，向玩家展示他们未曾拥有的体验。

数字游戏开发——实施

当前期制作接近尾声时，是时候真正开始工作了。整个预制作过程可能是制作数字游戏（或模拟游戏，就此而言）所需花费的全部精力的 5%。通常情况下，游戏初始规划的前期准备阶段是由一个小团队完成的，有时只有几个高级开发人员在做事。一旦前期制作结束，正式制作开始，这些资深人士往往会成为他们领域的带头人，这个时候团队其他成员也差不多刚刚结束上一款游戏，来此报到了。

在前期制作完成之前，负责人还需要为开发人员在他们的专业领域之间建立工作路径，包括不同部门之间的相互依赖关系以及不同团队之间任务的交接。作为游戏制作进度监督者的制作人，应协助完成这项工作。

例如，角色设计流程从游戏设计师编写游戏所需的怪物或非玩家角色的简要描述开始，概念设计师在该描述的基础上绘制角色草图，然后角色建模师（艺术家）在该草图上创建一个形象（用于 2D 游戏）或模型（用于 3D 游戏），接下来是装配工在模型中放置骨骼，再由动画设计师为角色添加运动元素。通常，声效设计师也会参与进来，为角色的动作添加声音效果（例如脚步声、布料的沙沙声，以及皮革的吱吱声或盔甲的哗啦啦声）。在角色发展的每一个阶段，相应的负责人都会审查它的进展，或者提出修改建议，或者审核通过让它进入下一个阶段。

生产流程通常用甘特图（或其他方法）来直观地展示。这些图表以图形方式勾勒出完成游戏每项任务所需的时间线。除了最简单的游戏，其他所有游戏都包含数千个单独的任务，由数十名甚至数百名开发人员共同完成，因此甘特图会变得非常复杂。制作人在各领域负责人的帮助下创建这些图表，负责人因此能够更好地了解开发过程中每一步应该花费多长时间。然后，游戏制作人需要在开发过程中跟踪每个任务的进度，尽早发现任何出现的问题，并与负责人和开发人员一起制定解决方案。

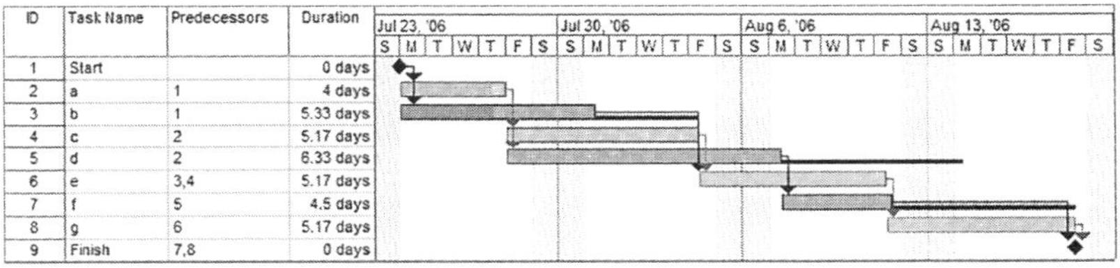

图片来源：Dbshear，https://en.wikipedia.org/wiki/Gantt_chart。

一旦游戏开发的前期制作阶段结束，团队就会开始壮大，高级开发人员从预制作阶段角色转变为团队领导者角色。随着开发人员开始加入项目内的各领域团队，负责人将承担更多的管理任务，他将工作分配给团队成员，与制作人就工作流程和路径进行协调，并让团队中的新成员了解项目进展和工具需求。

即使在游戏制作正式开始后，预制作任务可能仍在进行中。随着设计师们开始进行游戏的设计，游戏的故事几乎总是会发生变化（有时每天都会发生变化），在预制作阶段编写的动画脚本通常会随着游戏的发展而改变。设计计划被修改，人物被重新设想，等等。理想情况下，这些更改会在游戏的游戏设计文档或内部维基页面中注明，但通常它们是由许多人即时做出的，以前的文档很快就会过时。

此阶段的大部分工作是使用为开发选择的引擎和编辑器来实现游戏的设计。关卡设计师构建地形和环境；美术设计师创造人物、建筑、车辆和道具；游戏设计者在游戏中加入角色和事件，并添加脚本让世界变得栩栩如生；声效设计师创造声音效果和环境声音；作曲家创作的音乐为游戏增添了情感和气氛；程序员编写工具和引擎插件来改善团队的工作流程。

各项任务、各个领域间的工作千头万绪，相互纠缠，它们都需要协商。在关卡设计师创建（或至少大致完成）游戏环境之前，游戏设计师无法加入游戏玩法。关卡设计师需要用美术设计师提供的建筑物和地形碎片（树木、灌木丛、巨石等）来创造这些环境，声效设计师在评估声音效果和音乐之前需要角色、事件和环境。数字游戏开发涉及数千个部件的同时移动。这就像试图在移动的火车上组装一个拼图，而拼图的碎片在桌子上弹来弹去。

在开发人员构建内容时，通常还会有一个内部的质量保证团队对游戏进行测试，并给出反馈和建议。许多公司都有自己的质量保证部门与它们的开发团队一起工作。这增加了开发成本，但大大提高了游戏的质量，因为它创造了一个快速、持续的修订周期，显著改善了玩家体验。我在 Volition 工作时，质量保证是一个独立的部门；当我在 Zenimax Online 从事《上古卷轴 OL》的工作时，质量保证团队被与开发团队整合在一起，几个质量检测人员与游戏设计师、美术设计师和其他开发人员一起工作。

一款数字游戏在制作过程中会经历以下几个阶段：

- **原初版/原型**：在这个阶段，游戏仍是不完整的，但它的可玩性足以让人对玩家体验有一个明确的认识。一些游戏机制在运转，部分游戏世界被粗加工出来。在这些区域，通用块取代了建筑物和其他功能，只是为了快速测试游戏玩法而被投入使用。
- **测试版**：这是游戏的第一个“完整”版本，所有的游戏机制至少都被初步勾画出来了（有些是临时的变通办法，因为最终代码或资产仍在开发中），并且整个游戏世界都是可遍历的。还有很多内容有待添加，但已拥有真正意义上的游戏玩法和玩家体验了。

测试阶段也是公司通常决定向外部人员开放游戏测试的时期。可以是一系列由 5 到 10 人组成的小型焦点小组被邀请到公司办公室进行游戏测试，团队成员则默默观察。或者，可以是对数百名玩家开放测试版游戏，所有玩家都在家中进行游戏，团队则观看并回应反馈。

这就是你收集重要反馈的方式。正如我们前面所讨论的，真正倾听并回应这些建议至关重要，忽视游戏测试者的反馈通常只会让游戏变得更糟。当我是大型多人在线游戏开发团队的一员时，我目睹了它的发生。内部反馈、质量保证反馈和游戏测试者反馈经常在开发中被忽略，这对游戏造成了很大的损害。我们反复强调对白太长，脚本序列是无聊的知识转储，游戏中运行的多人在线游戏的主要要素（如小地图和滚动战斗文本）在创意总监的突发奇想下被删除，这些都是乱弹琴，游戏为此付出了代价。粉丝和评论者在游戏发布时就此及其他问题提出了批评，因而最终的评判结果惨不忍睹。我们在 Metacritic（一个在线评论聚合器）上的分数低至 70 多分，这对于一个大预算的 AAA 游戏来说被认为是很差的。经过无数次的补正和修改，游戏现在的评价还算不错（最低是 80 多分），但是如果团队管理层在发布之前愿意听取反馈的话，发布时所遭受的糟糕评价和低销量本可以避免。

- **改进版：** 当一款游戏机制完备，并且基本上可以按照预定目标运行时，游戏就进入了改进版阶段。尽管仍有许多需要打磨和调整之处，但所有内容都已添加到游戏中。许多公司会将焦点测试和开放测试推迟到改进版阶段，因为担心测试版阶段的游戏会给公众和媒体留下不好的第一印象。

改进版也是由游戏制作人强制执行“功能冻结”的时间点。一旦宣布冻结，任何人都不能为游戏添加功能或机制。影响游戏质量的最关键因素不是它有多少机制，而是它现有的机制运作得如何。冻结可以帮助你打磨你所拥有的东西，而不必冒险最后一刻添加内容打乱计划。

大型多人在线游戏的工作方式有所不同。游戏发行商需要花费很长时间来开发——数百人的团队可能要工作五到六年——因为他们需要许多不同的游戏机制来吸引各种各样的玩家，机制也需要充分的打磨来长期吸引玩家，这是发行商收回开发投资的唯一途径。

改进版标志着游戏已大致完成了各部分的整合和框架搭建，并最终确定了游戏玩法。还有很多漏洞修复和打磨的工作要做，但最终的结果已近在咫尺。在这一阶段，质量保证团队的工作进入最高级别，要尽可能多地查找漏洞，同时指出游戏中任何未完善的方面。

- **发布候选**：这个阶段对于需要提交给甲方公司（即制作游戏硬件的公司，例如任天堂、索尼、微软等）的视频游戏至关重要，它们需要被提交给相应的平台制造商，以获得发布许可。

对于将在 Steam 平台（或其他服务器）上发布或自行发布的游戏，此阶段团队需提出一个发布候选日期，并提交游戏给公司管理层审查和批准。如果通过审查，游戏就会发布，如果在第三方服务器上发布，则需要经过二次审查。

对于主机游戏和多平台游戏来说，这次审查是需要跨越的重要关卡。候选游戏会被提交给发行商的合规性测试部门，接受有着数以千计标准的审查。发布者会在提交的文档中对检查出来的错漏进行详细说明，并按严重程度列表整理。一个重大漏洞（A 级）足可以让游戏立即退出合规测试，并被送回开发人员处进行修复。A 级漏洞的例子之一是所谓的软故障——玩家角色还活着，但无法越过游戏中的某个点。游戏帧率低于可接受的最小值的任何区域都可以被视为 B 级漏洞。测试结束后，需要对 B 级漏洞进行修复，然后重新提交。

一旦开发人员认为漏洞已经被修复，则游戏将被重新提交，测试再次开始。如果再次发现严重漏洞，测试人员会将游戏退回给开发人员进行进一步的修复，循环进行此项工作。游戏开发者经常会经历噩梦般的提交流程，这会在游戏最终获得批准（或者游戏开发者放弃它）之前持续数月。

- **最终版**：这基本上是最终的、获批准候选发布之时的版本。当公司管理层和第三方平台所有者（对于主机游戏或在 Steam 平台和其他服务器上发布的游戏而言）对游戏的最新版本感到满意时，该版本将成为大师（或黄金）版本，并被安排发行。是时候庆祝了！

对于非主机游戏，通常仍会进行漏洞修复、补充和更新，但团队中的大多数人会继续前进。他们可能会转移到刚刚发布的游戏的续集（此处所说的续集应该已经在一个小团队中进行了预制作，而前一款游戏离发布还有三到四个月的时间，参见上面的预制作阶段），或者他们可能会转移到一款完全不同的游戏。对于大多数游戏，每个领域中的部分成员可能会留在项目中进行更新和维护，但对于团队的其他成员来说，这是一个杀青的时刻。对于公司希望让客户继续玩的轰动一时的游戏，一个更大的团队将留下来频繁发布新内容和进行漏洞修复。

对于课堂上的学生和教师

鉴于游戏开发过程的复杂性、迭代性和交互性，游戏设计课程尽可能密切和频繁地模拟这种环境至关重要。我建议至少设置一个项目，让学生三到四人一组进行合作。

对于游戏设计课程来说，包含一个模拟在大型团队中工作的项目，让学生花费一两个学期的时间制作一款游戏，也是非常重要的。这是一种很好的游戏开发环境模拟，它迫使学生面对与一大群同事合作时所固有的问题。在这些项目中，一名或几名学生应承担团队内的责任角色（创意总监、制片人、领域负责人等），这将进一步帮助学生适应游戏开发团队的结构。

根据我指导大型学生团队的经验，任何超过 15 人的团队都会变得难以带领。创意总监和制作人的角色是权威性的角色，学生很难在同龄人团队中脱颖而出。学生制片人和创意总监很难让超过 15 人的团队保持在正常轨道上，让每个人都对项目的进展负责。在较大的团队中，懒惰的人开始钻空子，让更多专注工作的学生在这些人不出力的同时承担更大的工作量。团队越大，出现这种不平衡的风险就越高，教师就越难及时处理它。

学生团队在课堂外开展项目工作的需要加剧了这种情况。没有一个项目仅靠学生一周只花三个小时左右的时间就能取得不错的进展，所以团队成员需要在课外聚在一起工作。

游戏开发团队是复杂的多头怪。学生越早了解自己在这样一个团队中的角色——通过与其他领域的成员的有效合作和沟通——就能越好地适应职场生活。因此，团队项目是必不可少的学习工具，只是要注意如何组织它们。

第 10 章 模拟游戏的编写和设计

模拟游戏的编写和设计过程与数字游戏有什么不同？我先做一点背景介绍。

我在游戏行业的前五年几乎完全专注于模拟游戏。我曾参与制作《龙与地下城®》和《进阶龙与地下城®》产品——冒险模块、精装书、怪物纲要等——以及其他角色扮演系列的产品和棋盘游戏，总共为 TSR 和 Milton Bradley 贡献了 90 多款作品。尽管我职业生涯的大部分时间都致力于数字游戏，但模拟游戏仍然在我心中占有一席之地。

许多著名的电子游戏开发者都是从模拟游戏做起的，而模拟游戏的惯例显然已经被移植到了数字领域。如果你在桌上看到一张虚拟角色扮演游戏中的战斗微缩模型照片，再看一张像《暗黑破坏神》这样的数字游戏中的动作照片，你会发现两者有惊人的相似点。电子游戏中使用的战斗系统直接来自桌面游戏中的那些机制。现代游戏机制、地下城设计和角色推进都源自桌面游戏的理念。数字游戏从它们的前辈——模拟游戏中获得了巨大的帮助，所以，当你设计前者时，研究后者是值得的。

图片来源：Wikimedia. org。

相似点和不同点

考虑一下前期制作阶段。这一阶段的许多任务在模拟游戏和数字游戏项目中几乎没有区别。每一款游戏都应该从一份简短的概念文档开始，该文档仅列出游戏故事的核心及其如何运作、被设置在哪里，等等。模拟游戏的概念文档与对应的数字游戏的概念文档非常相似（参见附录C，了解创建数字游戏和模拟游戏概念文档的模板）。

当你将游戏设计带到下一个阶段时，无论是游戏设计文档还是你计划的其他形式化方式，路径都会开始发生分歧。每个游戏设计文档的故事与游戏世界中的故事依旧相同，世界观也大致如此，但是在游戏玩法这一块，虽然二者的系统相似（游戏中的“什么”——玩家在游戏中可以做什么），却会引入非常不同的机制（游戏系统的“如何”——它们在游戏中实际是如何运行的）。角色扮演游戏中可能有一个角色创建页面，其中包含许多后台计算，但模拟游戏的角色创建机制可能是由玩家随机选择的。

同样，在模拟游戏及其对应的数字游戏的文档中，对游戏世界的描述也会非常相似，但对游戏世界的创建会有很大的不同。模拟游戏会有一个带有物理地图和地形布局的棋盘或其他操作台，供玩家探索，这些将在游戏设计文档中得到全面描述。数字游戏将列出创建游戏世界所需的财富、防止玩家在地图中过快移动（超速通过精心制作的内容）的方式，等等。

数字游戏和模拟游戏的创建过程在很多方面也有所不同。即使在前期制作阶段，数字游戏也有一位技术负责人，他从游戏设计文档（或对应的维基）给出的起点开始创建技术设计文档，还有一位艺术主管负责项目的艺术风格指南，等等。

除了常规的美术人员，模拟游戏还经常需要图形设计师来处理地图、格式化规则手册以及创建游戏的其他组件。模拟游戏的这些物理组件相当于数字游戏的用户界面——屏幕上的血条、小地图、雷达、技能按钮等。

电脑或主机游戏中的用户界面会告诉玩家他们在任何情况下需要知道的内容。在战斗中呈现给玩家的用户界面，可能和玩家在与非玩家角色对白或阅读物品栏时看到的有所不同。为了保持用户界面的简洁，它只传达玩家在当前环境下需要知道的内容。

模拟游戏的物理组件也有相同的用途。游戏板、卡片、棋子和其他组件经过精心设计，以适应游戏的主题和基调，同时向玩家传递特定信息。游戏设计师和美术设计师、平面设计师一起规划每个组件，并评估每个组件如何与游戏的所有其他部分相匹配。

开发人员必须有意识地进行设计，以确保模拟游戏的每个部分都有助于创造引人入胜的体验。

模拟游戏的特殊设计考虑

虽然数字游戏包括模拟游戏不需要处理的声音、音乐和视觉，但模拟游戏有其独特的考量点，其设计目的是让朋友们围坐在一张桌子旁，因此鼓励玩家之间的互动对游戏设计者至关重要，这应该是那些创建棋盘游戏、纸牌游戏和桌面角色扮演游戏的人最关心的问题。

想想几千年来人们一直在创造游戏和玩游戏。在数字游戏获得大众认可之前，单人游戏是不可想象的。过去有一种单人跳棋，在各式各样的木板棋盘上钻一些孔洞，然后添置一捧小木橛子。如此几样即可组成。模拟游戏不是为单人玩家制作的。

模拟游戏与数字游戏相比，绝大多数数字游戏是为在电脑或电视屏幕前独自玩耍的个人设计的。当然，一些数字派对游戏和格斗游戏最适合两人或更多人一起玩，但大多数电子游戏都是单人游戏。数字角色扮演游戏和大型多人在线游戏通过向游戏世界添加非玩家角色或允许成群结队的匿名玩家加入游戏来模拟社交互动，但与和朋友一起玩模拟游戏的体验相比，互动是有限的。

社交元素是模拟游戏最大的优势，应该充分强调它的价值，尽可能多地在游戏中建立玩家互动。互动增加了玩家的乐趣，建立了彼此间的友情，并让玩家更多地专注于游戏。每种游戏机制都应该以强化玩家互动为目标，这也会鼓励开发人员对游戏玩法进行创新。玩家可以在其中添加内容，创建内部规则，并找到你从未

图片来源：https://commons.wikimedia.org/wiki/File：Family_playing_a_board_game_(2).jpg。

想过的玩游戏的方式。

对于一名游戏设计师来说，玩家创造出人意料的游戏玩法和发现你从未察觉到的规则漏洞的能力，可能会让人感到又羞恼又惊喜，但同时也会给人以启发。看到评论者和玩家发布关于他们发现的错误和漏洞是很尴尬的，这是一个令人苦笑的局面，因为你所能做的就是下定决心不再犯那些错误。把它当作一次学习经历，然后继续前进。(尽管能够从这里学到的通常被总结为“做更多的游戏测试”。)

模拟游戏中的一个关键设计考虑因素是确定随机机会和玩家技能之间的平衡。在你的游戏设计中，你同时需要两者，但是保持正确的平衡至关重要。

随机性增加了游戏的张力，确保玩家永远无法确定行动或战斗的结果。掷骰子或使用其他生成随机数的方法是模拟游戏中的主要内容，因为这是一种很容易改变玩家行动结果的方法。攥住骰子然后掷出去，这也会产生一种触觉上的刺激。在手上滚动骰子并将其扔到桌子上（或洗牌和发牌），可以建立一种让玩家参与游戏的物理联系，不要低估这种联系。

图片来源：https://en.wikipedia.org/wiki/Dice。

不同的骰子在游戏设计中有不同的用途。当你希望多个结果发生的概率相同时，可以让玩家掷一次骰子。一个六面骰子（d6）将使 6 种结果发生的概率相等（各 16.67%）。如果有很多潜在的结果，并且发生的机会相同，那么可以使用一个更大的骰子（例如 d20）。如果你想分配各种事件的发生概率，可以使用多个骰子。当你掷两个六面骰子（2d6s）时，你得到的不是 6 个发生机会相同的结果，而是 11 个结果（2d6s 的结果是 2 到 12），其中一些结果发生的可能性比其他结果大得多。2 或 12 的结果只发生在 36 次掷骰中的 1 次（2.8%），但 7 的结果发生在每 6 次掷骰中的 1 次（16.67%）。在游戏中使用多个骰子会使游戏结果变得很随机，但也有助于增加你获得想要结果的可能性，这通常是游戏设计中的一个重要考虑因素。

硬币的另一面是玩家技能的影响。由于随机性增加了游戏玩法的不确定性，玩家会通过运用自己的技能来降低它。随着玩家对游戏玩法越来越娴熟，他们能够更好地根据自己的喜好改变游戏结果。允许玩家提升技能（和玩家角色能力增加）以修改骰子的投掷结果，可以增强他们的自信，使得他们更加享受游戏。作为一名设计师，你想要玩家能够拥有对简单游戏机制的掌控感，同时通过更复杂的机制和玩家技能可以改善但永远无法消除的随机因素来保持不确定性。

象棋游戏和《糖果乐园》在许多方面都有所不同。二者的游戏玩法最根本的区别在于，象棋游戏的结果完全取决于玩家的技能，《糖果乐园》的结果则完全取决于概率。热爱《糖果乐园》的四岁孩子们不知道他们的频繁获胜与游戏中的任何技能水平无关，最终，孩子们会转向需要更多推理和技巧的更复杂的游戏。当你想要吸引更成熟的受众时，随机性将让位于更高的技能上限。但在大多数游戏中，随机性永远不会完全消失。

第 11 章 写作建议

作为一名叙事设计师，我想把我这些年来学到的一些经验与大家分享。这些经验有些是针对游戏的，有些是针对一般写作的，它们曾是使我的工作愈加得心应手的“锦囊妙计”，希望它们中的一些能引起你的共鸣。

图片来源：https://en.wikipedia.org/wiki/Samuel_Johnson。

写作是作者和读者之间的一种交流行为。那些不把读者放在心上的作者（就像不考虑玩家的游戏设计师一样），正在错失写作的真谛。

塞缪尔·约翰逊——第一部成功的英语词典的创造者——曾经说过：“作家只是书的开始，由读者将它完成。”这句话简明扼要地总结了作家和读者之间的关系——作家的作品只有在有人读过它之后才算完成。牢记这一点：作家是为读者的享受和启迪而创作的。这款游戏是为谁创造的，他们想从游戏体验中获得什么？当你承担写作和设计任务时，要把这些问题放在脑海中。对这些问题的答案的思考应该渗透进游戏开发的全程，在故事创作、角色发展、情节点设计等方方面面指引游戏作家。

故事和游戏玩法

始终牢记故事在游戏中应该实现的功能，尤其是数字游戏中。故事需要为玩家提供背景，告诉他们为什么他们在游戏中很重要，为什么他们的行动很重要。故事应该激励玩家继续游戏，吸引他们，让他们总是想知道下一个角落可能会发生什么。

正如前面所提到的，即使游戏玩法过时，故事也能让玩家继续玩下去。添加新角色、事件和游戏机制，对于开发人员的时间投入和资产创建来说，可能代价高昂。然而，有了一个引人入胜的故事，玩家们会继续玩下去，只是为了看看故事接下来会把他们带到哪里。

话虽如此，在几乎所有的游戏中，故事的功能都是支持预期游戏玩法的。玩家玩游戏是为了积极地参与行动，而不是没完没了地阅读或交谈。故事应该是对游戏玩法的补充，而不是压倒它。这两者应该很好地结合在一起，游戏玩法为主导，故事全力为其服务。

角色扮演游戏是一种角色常常会发生互换的游戏类型，在这类游戏中故事排第一位。故事围绕玩家们展开，其角色完成从卑微到王者荣耀的飞跃，实现最终的目标。在角色扮演游戏引人入胜的故事中，游戏玩法充当了将玩家角色（和玩家）从一个情节点传递到另一个情节点的载体。游戏玩法仍然需要满足玩家对操作和刺激性的需求，但角色扮演游戏的吸引力更多的是故事而不是玩法。

为游戏编写故事的不同之处

对于从其他媒体进入游戏领域的作家来说，一大障碍便是故事不再属于他们。当一位作家写小说时，他完全拥有这个故事。其他人可以提供反馈或要求修改，但故事来自作家，它相当程度上属于作家。这感觉就像故事是作家的，尽管其他人也为之做出了贡献。

对于游戏来说就不同了。这里的故事属于游戏和团队，并且取决于预期的游戏玩法。一些来自其他媒体的作家很难处理故事失控的问题，我曾看到有其他行业的作家因为这个原因而未能成功转型为叙事设计师。当作家不接受为游戏而写作的现实时，与游戏设计师、声效设计师、美术设计师、程序员以及其他和故事方向息息相关的人员发生冲突自然很常见了。

另一个复杂因素来自故事对游戏玩法的依赖。在开发过程中，由于各种原因，游戏的设计每天都在变化。有时变化很小，有时变化巨大，但是故事和人物都需要与每一次变化相适应，因此，叙事设计师要分神跟踪来自数十乃至数百名开发人员的对故事的更改。

故事不是你的，故事范围之外的游戏元素经常要求它每天发生改变。这些有关叙事设计工作的事实，会让来自其他行业的作家抓狂。在投身于叙事设计师的职业生涯之前，确保你能接受这些状况。

游戏行业的作家们面临的另一个问题是对白的高成本。当你写小说时，一个额外的词就是另外一个词，占据书中一点额外的空间。但是，当你为游戏写作时，对白中的每一个词都要花钱，任何不能推动故事或游戏玩法的台词都必须被无情地剔除。

在游戏中，对白要么是屏幕上的文字，要么由配音演员配音。无论哪种情况，游戏的叙事设计师都必须提高警惕，保持对白简洁明了，这至关重要。

不要挑战玩家/读者的耐心，即使屏幕上的文字没有声音。为了与非玩家角色交谈，他们需要将玩家角色移动到合适的位置上，与非玩家角色互动，阅读弹出的对话框，最后消化该信息。这项操作最好物有所值！如果你在无关紧要的非玩家角色身上浪费了玩家太多的时间，他们很快就会开始跳过游戏中的对白，错过那些对游戏玩法或故事至关重要的对白。

这方面的一个例子发生在我任职于 Volition（《红色派系》系列、《黑道圣徒》系列和其他许多游戏的制作者）的早期。我是初代《红色派系》游戏的叙事设计师，当时另一个团队正在制作一款奇幻类角色扮演游戏——这原本是一款配合 PS2 发布日的游戏，即在 PS2 上架时发行；而《红色派系》在之后的几个月内不会发行，因此按时完成这款角色扮演游戏有很大的压力。

随着截止日期的临近，我有几次被叫来帮忙做叙事设计。当我阅读文字内容时，我注意到许多非玩家角色对白不全都集中在第一个文本框中，玩家需要再次按下按钮以查看第二个文本框中的剩余文本（游戏的对白没有声音，只是屏幕上的文本）。通常，多出的内容只是一两个词。我向游戏作家指出了这一点，并提到玩家如果需要不断按下一个额外的按钮只是为了获得对白中的另一个词，那么该多么恼火。然而，他毫不在意。我随后提醒他，我会很小心地保证我所设计的所有的对白都特别简短，以避免部分词语跑进第二个框里。他依旧耸耸肩，不以为然。

当 PS2 发布日到来，游戏问世时，评论家和公众都注意到了这一点。一位评论家使用了“愚蠢的滥写”这个短语。这个游戏已经在评论和经济收益上失败了，虽然你不能把这一切都归咎于故事，但我认为至少部分来自游戏欠缺对玩家时间和耐心的考虑。

没有语音对白的游戏需要注意多余的措辞，但在配音游戏中，问题要严重得多，记住要将语音对白融入游戏所涉及的所有步骤。它被叙事设计师添加到游戏中，因此游戏测试者可以对其做出反应。有时，这需要声效设计师通过文本到语音的过程来运行对白，将书面文字转换为机器人语音（就像你的 GPS 语音一样，只是更糟），然后作家必须寻求其他开发人员和质量保证部门关于对白的反馈。作家自己玩游戏，听台词，然后重写那些听起来不真实的台词。在我工作过的一些公司中，我会在录音室里四处走动，随机抓住开发人员（美术设计师、程序员），把他们拖进我们建立的一个小录音室。他们会尽其所能为台词配音，这些声音文件将被发送给声效设计师并导入游戏。这些只是临时录音，以便在测试过程中更仔细地收听台词（以及越过对糟糕的机器人声音的不满）。在乌鸦制作室，我们更进一步，聘请附近威斯康星大学的戏剧教授和研究生，让他们参与进来为台词配音。

而所有被花费的时间都只是冰山一角。在开发过程中，我们会经历多轮对配音台词的反馈和修改。组织焦点小组玩游戏，他们的反馈会影响游戏的对白。游戏玩法的改变会使叙事设计师需要重新编写和录制对白。然后，随着游戏临近发行截止日期，专业配音演员将接受试镜，他们的录音将由叙事设计师和其他开发人员进行审查。之后，再为游戏中的所有配音角色挑选演员。那是事情开始变得非常昂贵的时候。

一旦选择了真正的配音演员并设置了录音环节，叙事设计师（通常）就可以前往洛杉矶了。在那里，他们会与配音导演和一名或多名录音室技术人员指导配音演员完成录音。这项工作一天八小时，持续一周或更长时间（《红色派系》系列的第三款游戏《红色派系：游击队》的录音环节持续了五周以上）。专业配音演员每小时的费用超过 400 美元，此外还有租用录音室和支付技术人员与配音导演的费用。游戏开发公司还会支付叙事设计师的时间、酒店房间、食物、汽车租赁和其他项目的费用。

一旦这些台词被录制下来，就得有人对每句台词进行整理，选择最好的一条，然后在家里为声效设计师做标记。他们还要将每句台词最好的一条转换成一个单独的音频文件，根据约定的惯例为其命名，并将文件添加到游戏文件体系的正确目录中。

测试和修订过程还没有结束。我们发现，尽管所有相关人员都尽了最大努力，但台词录制得很糟糕，配音很差，或者缺少必要的情感背景。在录制过程中，由于游戏设计的改变，还有一些台词需要重新录制。拾音录制环节通常安排在主要环节的后一个月或更晚时间，仅用于录制丢失、更改或因其他原因需要重新录制的台词，而且该环节需要花费很多与最初录音环节相同的成本。

为了让你了解这里所涉及的工作的规模，在初代《红色派系》游戏中，我写了大约 2 500 条有声对白。我们驱车到两小时路程外的芝加哥录音棚，花了几天时间和几十名配音演员一起录制这些台词。（配音演员之一，在初代《红色派系》游戏中扮演一个小角色的，是诺兰・诺斯，他后来在《神秘海域》中扮演了内森・

德雷克。）一位声效设计师花了几天时间在 Volition 中删减台词，并将其融入游戏。

《红色派系》系列的第三款游戏——《红色派系：游击队》——是一个成本更高的项目。它有 32 000 多行有声对白，是我在三名实习生的帮助下创作的。录音环节是在洛杉矶进行的，这是一个价格昂贵得多的地方。我们花了五周的时间进行最初的录音，又花了一周多的时间进行拾音。在去洛杉矶之前的一个月左右的时间里，我每周都有 100 多个小时为这些环节做准备。考虑到在开发过程中完成的所有编写、重写、录制、测试和重录工作，我相信它们的总成本远远超过 100 万美元。

因此，对白是昂贵的。无论游戏对白是否有声音，叙事设计师都必须尽可能简洁地书写它们。欧内斯特·海明威的对白是一种很好的模式，可供游戏作家们模仿。在叙事设计课上，我经常将海明威书中的对白与学生的写作进行对比，这是一种相当鲜明的对比。海明威会使用清晰的对白和交谈来体现真实人物之间的互动。许多学生习惯将人物间的交谈写成一系列非常长的对白，它们基本上都是连续的独白，其中角色轮流向对方发表长篇大论。这既不是好的对白，也不是现实的交谈。

以下是海明威《太阳照常升起》中的一段对白[①]：

> 布雷特转向比尔。
>
> “你在这个充满瘟疫的城市待了很久吗？”
>
> “今天刚从布达佩斯过来。”

---

① HEMINGWAY E.（1926；reprinted 1967）. The sun also rises，Coles：London.

"布达佩斯怎么样?"

"好极了。布达佩斯很棒。"

"问问他维也纳的情况。"

"维也纳，"比尔说，"是一个奇怪的城市。"

"很像巴黎，"布雷特朝他笑了笑，眼角也皱了起来。

"没错，"比尔说，"就像此刻的巴黎一样。"

"你有一个美好的开始。"

这才是对白应有的样子，角色真正倾听并回应对方，以轻快的节奏移动，并传达有趣的内容。

游戏写作容易收到负面评价的影响因素之一是开发过程。由于缺乏资源，有时游戏的整个部分都会被删除，有时会很晚才完成开发。相应的故事元素需要被转移到游戏的其他部分，或者被移除并重新补充。当角色从某个区域（或整个游戏）中被删除时，故事通常会发生一连串的变化。很多时候，一个游戏的故事基本上是以初稿的形式发布的：叙事设计师一直在手忙脚乱地修补脚本，因为设计上的改变带来了情节上的新的漏洞。

小说的写作和重写是为了改进故事的表达意图。但在游戏中，对脚本的更改往往源于对故事范围之外的设计的考量，并可能导致故事在每次的更改中变得不那么连贯。叙事设计师的工作就像是在看不到拼图的正面的情况下在背面写一个故事，然后希望当拼图全部翻转并组装好后，故事是有意义的。

为游戏编写故事的相同之处

写作的某些要素不会改变。修改是打造任何类型的好文章的关键，正如报道中海明威说过的那样："任何东西的初稿都是狗屎。"这一点对于游戏写作和其他任何类型的写作一样适用，你第一次完成的游戏对白和文本通常不会很好。

游戏作家必须学会将注意力集中在游戏故事中的角色身上，而不是事件，因为角色才是真正让人们感兴趣的东西。比起事件，人们更关心角色做出的反应和发生的改变。

游戏故事往往会因为玩家最终目标的肤浅而遭受诟病。大量的游戏向玩家展示了"拯救世界"的场景，在其中，玩家角色不知何故是地球上唯一能够解决某个问题的人，仅此一点，它就成了一个笑话。在大型多人在线游戏《上古卷轴 OL》中，主要故事情节是玩家角色被告知他是唯一一个可以从恶魔王子莫拉格·巴尔手中拯救泰姆瑞尔大陆的人；游戏的核心故事推动玩家完成一项又一项任务，直至最终的对抗，他们击败了巴尔并将他驱逐回自己的家园。他们获得了"泰姆瑞尔的救世主"的称号，并感觉良好，为此感到高兴大约 1.5 秒，直到回到镇上，发现镇上的其他人头上都环绕着"泰姆瑞尔的救世主"的光环，所以他们终究没什么特别的，于是他们悄悄地从角色中移除了这个头衔，然后继续游戏。

"拯救世界"对于游戏来说是一个懒惰的目标。玩家无法在理性或情感上与拯救世界上一切事物的体验联系起来。他们只是不耐烦地玩着游戏，希望至少旅途是有趣的，因为最终目标既不有趣也不现实。

为了避免这个问题，设计师应该将目标个人化。你可以拯救你的家乡、营救你最好的朋友，或者找回一只被大坏蛋带走的小狗，想出一些对玩家角色有意义的内容——它也会对玩家有意义。

图片来源：SketchPort. org。

想想广受赞誉的图书、电影或电视节目中的故事——除了超级英雄电影，它们几乎从来都不是关于拯救世界的。有人想阻止毒品流入他们的社区，找出谁杀了他们的祖母，或者挽救当地小学免于被关闭，这些都是可以与玩家联系起来并使他们参与进去的目标。

游戏故事与其他媒体中的故事的另一个相似点是，已有数千年历史的故事讲述技巧可以在游戏中发挥巨大作用。我们可以通过让玩家听到暗示或捕捉远处的一瞥来预示即将到来的事件和即将前往的地点。我们可以增加玩家必须完成的任务的难度，将更困难的任务放入其中，从而在游戏进行到一半时使玩家提升自己。我们添加了困难、由非玩家角色推动的子情节、危险，甚至角色死亡，以增加玩家在游戏进程中的紧张感。

游戏故事不仅对叙事设计师提出了挑战，也提供了改进我们的叙事技巧的机会，并将其提升到图书、戏剧、电影和其他媒体中的最佳写作水平。

第 12 章 教学叙事设计和游戏设计

创建游戏和为它们写作固然有趣，但我想我更喜欢教授游戏设计和叙事设计课程。我可以与积极参与的学生互动，传授我从游戏行业学到的经验，并看着他们的创作付诸实践。我希望这本书能帮助其他教师获得他们的课堂所需的经验和策略。

我试图把我在游戏行业中学到的经验教训传授给我的学生，因此，我的课堂教学和作业反映了游戏设计师和叙事设计师日常承担的实际工作。我相信，这是教师能够带给对这些领域感兴趣的学生的最有价值的内容——可以帮助他们进入游戏行业并在那里发展得很好的信息和技能。以下章节中包含的所有信息都来自我的游戏设计和叙事设计课堂上的教学内容，此外，参见附录 B 和 C，可以了解教学大纲、作业说明以及模板。

我在游戏行业的经验之谈是，把学生当成消费者。我的目的是尽我所能提供宝贵的学习体验。正如游戏玩家的体验是所有设计和叙事元素的首要考虑内容，学生在课程中的体验应该指引该课程的各个方面。

我所有的课程都涉及学生之间的合作活动。在第一次班会上，我告诉学生我的课程是关于玩家对环境（PVE）的，而不是玩家对玩家（PVP）。几乎所有的学生都玩过大型多人在线角色扮演游戏，他们立即明白了我的意思。游戏术语有助于学生将课堂理解为一个协作环境，而不是竞争环境。每个学生都应该帮助班上的其他同学掌握课程材料，目标是通过共同努力来完成他们最好的作品。学生应该认为自己处在同一个游戏开发团队中，同时参与所有的课堂项目。这种对协同和合作的强调有助于学生写出最好的作品。

游戏设计课程的重点是使学生创作出实际作品，他们可以将其投放到作品集网站上，以帮助他们在自己的专业领域找到一份工作。对于游戏研究课程来说，这当然也是一个帮助学生们分析游戏、评论游戏以及思考游戏社会功用的地方。但我们的重点是练习设计技巧。

没有人仅仅通过研究游戏就学会了如何设计游戏以及为游戏写作。你当然可以在自己的工作中学到一些要点和要做（或避免做）的事情，但人们是在实践中学习的。学生需要机会去创作自己的作品，无论是模拟游戏或数字游戏的原型，还是为将来的游戏奠定基础的前期制作文件。所有这些作品，经过进一步的修改和润色，都可以放在学生的作品集网站上，以展示他们的创作技能。

这里提出的想法应该有助于其他教师传递学生需要的设计信息。在职的叙事和游戏设计师可以利用这些练习进一步发展他们的技能，而那些希望进入游戏行业的人可以使用这些材料构建更强大的技能包，帮助他们开启职业生涯。

当我教学时，我喜欢用自己在游戏行业中的故事阐述每个后续任务如何被融入设计过程。我试图帮助学生看到在我们向最终目标迈进时每个作业的相关性以及朝着最终目标前进时设计过程的每一步（见下面 SMART 中的“R”）。

即使你从未在游戏行业工作过，找到你可以讲述的个人故事也很重要，这有助于使课程贴近学生。谈论你玩游戏和/或制作游戏的经历，并将这些经历与讨论的内容联系起来，这对于清楚说明内容的相关性至关重要。

我教学过程的主要指导原则是 SMART 目标设定和逆向设计（backward design）。这些术语对于教育或培训领域的人来说可能很熟悉，但让我们仔细看看它们与游戏设计和叙事设计教学的关系。

SMART 目标设定

乔治·T. 多兰在 1981 年 11 月的《管理评论》中首次提出了 SMART 目标设定体系[①]。SMART 代表具体（specific）、可衡量（measurable）、可实现（achievable）［或“可达到”（attainable）］、相关（relevant）和及时（timely）五个要素，将它们结合起来，有助于实现任何目标。这在课堂上尤其重要，因为它们提供了学生对课程内容及掌握程度的成就感和满意度参考。教师在设计课程、创建课程内容以及建构通向课程最终目标的步骤时，

① DORAN G T. (1981). “There’s a S. M. A. R. T. way to write management’s goals and objectives”. Management Review, 70 (11): 35 - 36.

应该考虑这个缩略词。

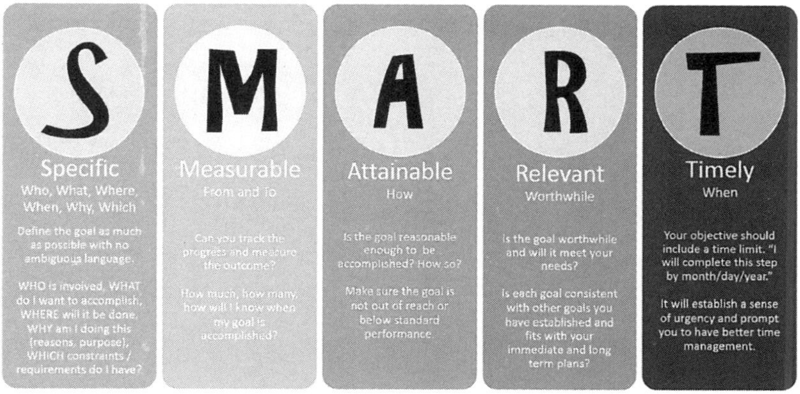

图片来源：https://commons.wikimedia.org/wiki/File：SMART-goals.png。

“具体”（specific）提醒教师：要根据你对学生能力的评估以及他们处理任务所需的时间，确保分配给学生的每项作业在范围上是有限制的，尽量使作业说明清晰完整。当你从学生那里得到关于他们在作业中遇到的困难的反馈时，说明和范围都应该被调整。

“可衡量”（measurable）有助于教师评估学生在每次作业中的进步程度。对于我设计课上的许多作业来说，这是非常主观的。例如，评估学生在概念文档中的创造力是一种主观判断；学生在课程结束时创建的游戏原型将根据其趣味性、挑战性或吸引力进行评估，也是一种主观判断。尽管这些评估具有主观属性，但教师必须依靠自己的游戏创作和教学经验，尽可能公正且一致地评判学生的努力。

“可实现”（achievable）或“可达到”（attainable）意味着分配的任务可以在给定的时间范围内被几乎所有学生完成。该参数与“具体”和“及时”两个要素相关联，以确保作业与课堂上学生的知识和技能水平相适应。使作业可实现是为了增加学生对掌握课堂内容的信心。

“相关”（relevant）在上面已被提及，但教师应该让学生知道每周内容和作业的预期目的。SMART 目标设定的这一要素与逆向设计（下文讨论）的教学方法密切相关，每项作业都应该在通向课程最终目标的过程中有一个明确的位置。教师要确保学生知道他们为什么被要求完成一项作业。当学生知道每项作业的目的，并了解他们正朝着一个有趣的最终成果迈进时，他们对课程的参与度和满意度就会提高。

“及时”（timely）［也称为“有时限”（time-based）］可能是目标设定中最直接的要素。决定学生完成作业的时间和设定作业的截止日期应该不会太困难。我在课堂上布置的几乎所有作业都有一周的完成时间。对于新的作业，你应该尽最大努力判断大多数学生完成作业需要多长时间。看看他们的表现如何，可以让你对作业的范围或期望的质量做出必要的调整。

要共同使用所有五个 SMART 参数，以确保作业对受众（教室中的学生）的适用性。我曾给一个班级额外布置了大量作业，结果发现作业至少在一个或多个方面没有达成 SMART 目标。例如，当我第一次让学生在我的基础叙事设计课上根据早期的概念文档创建游戏设计文档时，我只给了他们一周的时间来完成作业。当我在学期中向学生征求反馈时，我发现他们对于在一周内完成该作业普遍存在困难。在那之后，我将叙事设计课程的游戏设计文档分成了两部分，每部分各用一周时间完成。现在，这项作业对学生来说不仅更容易实现，而且他们完成的游戏设计文档更好、更成熟。

逆向设计

对于那些希望开设叙事设计或游戏设计课程的人来说，另一个建议是采用一种叫作逆向设计［也称为追求理解的教学设计(understanding by design)］的方法，该方法由杰伊·麦克泰和格兰特·威金斯在 1998 年推广开来。这个过程让教师从结果开始——设想你课程的最后结果（你希望学生从中学到什么），然后逆向设计，一直到课程的第一天。

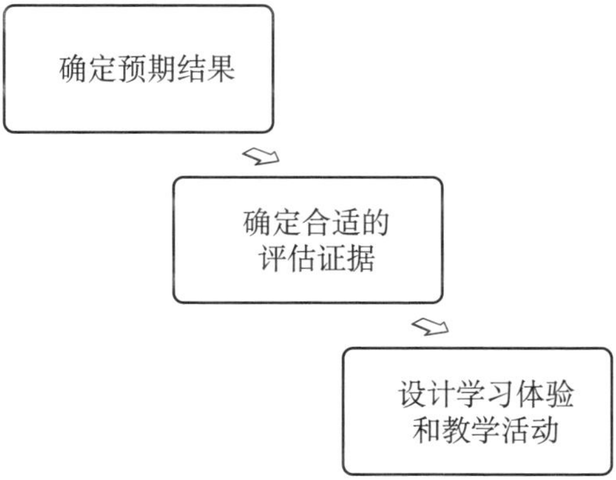

图片来源：https://en.wikipedia.org/wiki/Backward_design。

对于游戏设计课程，无论是模拟设计还是数字设计，我都希望学生们最终能得到一个可付诸开发的游戏原型，还希望他们在课堂环境中尽可能多地体验游戏开发过程。对于叙事设计课程，我希望学生在完成叙事设计师的实际任务的过程中获得尽可能多的经验。我主要关注在前期制作阶段生发的与写作相关的任务，因为这项工作集中于培养叙事设计师的写作和设计技能。（在制作过程中，叙事设计师的许多任务依赖于与团队中其他领域的互动，这在课堂上很难模拟。）

叙事设计课程逆向设计

叙事设计课程的最终结果应该是一系列作品，这些作品涵盖了叙事设计师在电子游戏前期制作和之外的整个职责范围。这个作品集的核心是一份游戏设计文档，它是学生将完成的所有辅助文档的基础。

正如你在附录 B 中的叙事设计 Ⅰ 教学大纲中所看到的，考虑到上述最终结果，学生们应从创建三个概念文档开始。这是游戏设计和叙事工作的起点。每个概念文档指向某种特定类型的游戏——娱乐、严肃/教育或游戏改编，这为学生提供了一系列可供选择的概念，以推进他们的其他工作。在我的游戏行业生涯中，我参与开发的游戏都属于这三种类型。对于学生来说，创建这些文档非常有用，即使他们最初对某一类别不感兴趣；你永远不知道什么时候一个好创意会在一个意想不到的地方出现。

这三种类型的概念文档都是基于我在附录 C 中提供的模板构建的。现在，我只想说，从其中一个概念开始，每个学生可以构建一份游戏设计文档，扩展概念文档中概述部分的基本理念。接下来的每一个叙事任务都以该游戏设计文档为基础（参见附录 C 中的游戏设计文档模板）。

在接下来的十周课中，每一项后续作业都涉及对游戏设计文档所制定基础的进一步发展。这些都列在附录 B 中的叙事设计课程教学大纲中。例如，学生们将以他们所创造的游戏世界为背景编写短篇故事——一个关于游戏事件发生前的主人公，另一个以游戏的对立者（主人公的敌人）为主角，第三个聚焦于学生选择的一个角色。这三个故事都有助于进一步发展游戏的故事和角色，因为它们最初出现在游戏设计文档的故事部分。

在我的叙事设计课程中，学生们承担的其他任务是构建一系列文档，以对展示游戏核心内容的游戏设计文档形成补充。我还让故事写作任务与设计导向任务交替进行，以使学生们关注叙事设计师工作的这两个要素。在完成游戏设计文档的第一个阶段后，学生们可选择该文档的故事部分，根据他们在那里描述的最初想法构建细节。他们进一步发展游戏故事的情节，扩大角色阵容，并且更详细地阐述每个角色，赋予他们背景故事、个性和行为动机。这就需要他们思考玩家将如何体验他们的游戏故事，并努力提高玩家对游戏的参与度。

之后的任务包括为游戏编写开头和结尾的动画脚本，以结束玩家的故事。学生们还需要编写三份任务文档，突出玩家体验的核心游戏性。这些任务与前面提到的短篇故事写作任务夹杂在一起，在课程中交替进行故事写作和游戏设计。这些作业都在附录 C 中列出，并附有说明。

每周有一节课专门用于小组工坊讨论。这让学生有时间回顾彼此的作品，通过提出建设性反馈相互帮助，并从彼此的创造性活动中学习。这是学习体验中的一个重要元素，因为学生可以从彼此身上学到至少和从任何老师身上学到的一样多的东西。在每次工坊讨论之前，我会分发反馈表，作为学生在回顾和评论彼此的作品时的指导方针。

我的叙事设计课的最后一项作业是让学生们完成他们所创造的所有作品，形成一份全面的游戏设计文档，然后修改他们所有的作品。他们在课堂上留下了多部作品，可用于编写和设计作品集——概念文档、游戏设计文档、游戏世界中的短篇故事集、电影脚本和任务文档。我督促学生继续修改这些文件，为潜在雇主进一步完善它们。

游戏设计课程逆向设计

与叙事设计课程一样，我使用 SMART 目标设定和逆向设计来组织我的游戏设计课程。对于这些课程，我期望的最终产品是一个游戏原型［有时也称最小可行产品（MVP）］。每个学生或学生小组应创建一个原型，展示他们的特定技能，并能给游戏行业雇主留下深刻印象。

我的游戏设计课程的早期工作遵循与叙事设计课程相同的过程。所有的游戏工作都从一个想法开始，这个想法应该被写进一份规范的概念文档中。这就产生了游戏设计文档，就像在叙事设计课堂上一样。但比起钻研短篇故事、动画剧本、任务文档和游戏故事的其他方面，游戏设计课堂上的学生更专注于开发游戏性元素。

我还教授模拟游戏和数字游戏的设计课程。课程的概念和游戏设计文档阶段非常相似，用于数字游戏的游戏设计文档要求学生考虑更多的元素，如用户界面、音乐和声效。这些课程的前期制作阶段（在学生的游戏设计文档经过审查和修改后结束）非常相似，道理是一样的，因为从核心来看，模拟和数字游戏有基本相同的设计，只是实施方式有所不同。

在模拟游戏设计课程中，学生们在前期制作结束后就开始实施他们的游戏设计文档计划。经过一周的开发，他们将棋盘游戏、纸牌游戏和简单的角色扮演游戏带入游戏测试中。这些初始原型非常粗糙，游戏设计文档只得到了部分实施，但每个游戏都需要有一些东西供同行进行测试和反馈。学生们在学期剩下的时间里在课堂上进行游戏测试，并在课外进行游戏开发。这为每个学生提供了一个经过多次测试和修改的游戏原型，最终可以创建出一款要素完善的游戏（包括产生该游戏的概念文档和游戏设计文档）。

对于数字游戏设计课程，学生们在制作前期制订计划的同时，也应该熟悉他们将用于构建游戏的应用程序。学生可以使用大量的应用程序，如 Bitsy、RPG Maker、GameMaker Studio、Unity 和 Unreal 来构建他们的游戏。为了在前期制作结束后立即开始开发工作，每个学生至少需要熟悉应用程序的基础知识。当他们在前期制作结束开始实施他们的设计时，他们对应用程序的信心会迅速增加。

数字游戏设计的另一个不同之处是，当学生被安排在小团队中时，他们通常会做得更好。比起数字游戏，模拟游戏对于单个学生来说是一项轻得多的负担，因为数字游戏需要许多微技能（游戏设计、叙事设计、声效设计、动画、装备、灯光、美术等）。让学生分担负担并将其多样化的才能带到项目中，更有可能让他们获得进步。为了帮助学生组建技能组合良好的平衡团队，教师应在学期初对全班学生的技能进行调查。协作项目让学生们对如何在游戏行业中处理团队合作有一个很好的感受。

每当我在游戏公司参加求职者的面试时，我总是询问求职者的合作经历，出现了什么问题，以及这些问题是如何解决的。对于任何想在游戏行业工作的人来说，在团队中工作并体验创造力和团队合作之间的相互影响是至关重要的经验。当学生们在课堂上获得这种合作时，他们就比其他人更有优势，能够讲述这些经历以及他们从中学到的东西。

反馈

我的所有课程都为学生整合了各种形式的同伴反馈。面对面反馈是最有价值的，但即使是由学校的数字学习管理系统（Canvas、Blackboard、Moodle 等）提供的同行评议也能为学生提供有用的建议。思考别人的作品，告诉他们作品的优点和可以改进的地方，以及获取他们对你的作品的反馈，这些都是为游戏行业的反馈会议做准备的宝贵经验。

利用课堂时间让学生们组成一个小型反馈小组，互相审查彼此的作品，这一点至关重要。思考他人的作品并对其进行评论的过程不仅有助于作者改进作品，也有助于审稿人了解他人的想法和创造力。许多学生发现，他们可以将别人的想法融入自己的作品中，加以改进。借鉴他人的想法是游戏行业由来已久的传统，因此在设计课程中也应该如此。

反馈不仅仅是指出某人作品中的缺点。学生（和老师）应该指出积极的方面——你喜欢那个人的写作、设计或游戏的什么地方；即使你试图帮助一个人提升其作品的低处，也同时要巩固该作品的高点。

反馈过程不仅仅针对学生。无论是针对现在的学生还是针对未来的学生，教师都可以利用学生的反馈来改进课程。在每个学期的中段，我都会花一些时间听取学生们对课程进展的意见。这基于我在游戏行业学到的一个过程，这个过程叫作“停止，开始，继续”。

这个过程的要点是，列出你在课堂上做得很好的事情（继续）、做得不好的事情（停止），以及你没有做但可能应该做的事情（开始）。学生在这些类别下提供条目，教师提示他们说出哪些有效、哪些无效、哪些可能有效。当学生们喊出条目时，将这些列表写在白板上。这是一项有趣且信息丰富的课堂活动，它让学生在课堂的运作方式上有了利害关系，并帮助他们感受到对自己学习经验的掌控。它还向教师提供了一种反馈，来自对课堂最为熟悉的人——正在体验着它的学生。

我发现这项练习很有价值，它改善了我教过的每一门课。你可以发现并修复那些不能立即发挥作用的流程，改善当前学生和未来学生的体验。只要把修改的内容通过电子邮件发给班上的所有学生，它们立即就可以在课堂上生效。学生们非常欣赏教师的这种灵活性，以及他们从课堂上获得反馈的意愿。

每学期结束时，大多数大学都会要求学生填写匿名的课程终考评估。这些评价对于了解学生对你的课堂和教学风格的印象很有价值，但我总想知道更多。我课堂上的最后一项作业是一份反思报告（见附录 C）。在报告中，我要求学生们告诉我他们对这门课的感受：什么是好的，什么是不好的，他们最喜欢这门课的什么，以及他们最不喜欢的是什么，等等。我告诉学生们，这不是一个奉承的机会，而是一个提供诚实、有益反馈的机会，这将使课堂对未来的学生更有益。

在一个学期中，每门课的最后一次会议是一次课程总结会，我们在会上讨论课程的学习目标。我询问学生们是否觉得已经达到了这些要求。如果有任何没有达到的，我会问他们可以采取哪些不同的做法。这个反馈对于计划课程的下一次迭代而言是非常宝贵的。对于新事物，我总是至少有几个好的想法可以尝试。同样，学生们也喜欢被问及他们的意见，倾听他们的想法对每个人来说都是一个很好的课程结尾。

我希望前面的建议能帮助其他人为他们的学生开发游戏设计和叙事设计课程。这些课程的大部分内容和进程都来自我在游戏行业的经验，但我现有的大部分课程都是在讨论和学生的体验中形成的。

我总是乐于听取别人的建议。如果你想就这些课程或这本书传达一些想法，请通过 michaelbreault@webster. edu 联系我。

第 13 章
游戏行业的职业机会

我在每堂课上都会被问到一个问题，那就是：我是如何进入游戏行业的？学生们对这一过程的了解真是五花八门。

我 1984 年进入游戏行业，那时还没有任何与游戏设计或叙事设计相关的大学课程，我只能通过实践来学习设计。如今，全国各地的大学有数百门游戏设计课程，但是，尽管在学校学习游戏设计的机会大大增加了，但要进入游戏行业却比以往更难。

游戏开发公司个个都希望雇佣行业资深人士。这有几个原因，其中一个原因是游戏开发在很大程度上是一门技艺、一种通过实践学习的职业。当一家公司将一位行业资深人士与刚毕业的大学生进行比较时，天平很自然倾向于前者，因为前者已经通过职业资历证明了其可以在项目中与他人相处融洽。行业资深人士们能协调自己的创造力与其他人的创造力，并在游戏中协同工作。他们已经证明过自己能够坚持克服每一个在游戏开发过程中遇到的困难，他们拥有游戏公司想要的软技能。

入行的这些年里，资深人士磨炼了自己的技艺。他们通过与其他有多年经验的人一起工作，掌握了这一行业的技艺。这种技艺是通过实践学习到的，并通过接受更有经验的开发人员的启导得到增强。

大多数刚毕业的大学生没有上述任何一种优势。他们没有太多证据证明他们能够在大型协作环境中很好地工作。他们没有资深人士所拥有的日常启导经验。他们能否将创造力引导到有利于团队的方向上，是一个悬而未决的问题。与行业资深人士相比，这些都是巨大的劣势，至少在面试官看来如此——潜在员工的合作经历总是游戏公司感兴趣的内容。

刚刚结束游戏设计课程的学生通常没有在专业开发团队的真正经历，但教师可以通过将小组项目融入课堂来模拟这些经历。虽然这并不能取代在专业环境中的实际经验，但它确实有助于缓解人们对新毕业生能否在团队中与他人合作的担忧。

人脉

在游戏行业，你认识的人会给你展示自己才华的机会。行业人脉关系对于了解即将到来的招聘信息和获得面试邀请至关重要，但对你的帮助也仅限于此——它不会给你工作。要想在游戏行业找到一份工作，你必须具备该职位所需的技能和个性。这完全是你的事。

那么，如何建立这些人脉呢？以我的经验，它们很少能在会议中获得。你在会议中结识的业内人士，如同在你面前拿着福音书当众布道的传教士；除非你能在一大群人中脱颖而出，否则你与招聘人员的联系很可能会被立即遗忘。

那些对你的职业生涯有帮助的真正的人脉关系，是通过你与对方的合作形成的。只有那些在项目上与你共过事的人才能作为队友为你担保。他们可以作为真正的推荐人，诚实地告诉别人你作为同事是什么样子的。他们也知道自己是否愿意再次与你合作。

人脉关系对我的职业生涯帮助很大。我于 1984 年开始在 TSR（《龙与地下城®》游戏开发者）工作，并在那里工作了五年，离开后又做了三年自由职业者。大约 30 年后，我于 2012 年在 Zenimax Online Studios（ZOS 是制作了大型多人在线游戏《上古卷轴 OL》的公司）面试，我曾共事的两个人那时候在这里工作。我被 ZOS 雇用，部分原因是那两位前同事记得我是一位好队友。当我在 1999 年被 Volition 聘请为全职叙事设计师时，开发副总裁是我在五年前作为自由撰稿人时的合作伙伴，他以前很喜欢我的作品。还有好几个我帮助前同事在我工作的公司找到工作的例子，仅仅是因为我喜欢与他们的第一次合作，并且想要再次和他们一起工作。

学生们应该在大学就开始建立他们的关系网。只要学生在课堂上表现出色并与教授互动，他们的教授就应该成为他们关系网的一部分。做到这一点很容易：只需参与课堂讨论，在课外与教授交谈，并利用好教授的办公时间，让他们知道你是一个有趣、敬业、工作出色的人。

大学也是学生通过游戏项目和团队与同龄人建立紧密联系的地方。同学对于你的职业生涯是一种巨大的推动力量——当你们每个人都进入游戏行业时，你们可以推荐彼此，如果你们公司有工作机会的话。但你必须在大学期间建立这些关系，把这些同龄人纳入你的人脉关系网。

进入游戏行业

正如你可能知道的，进入游戏行业或许是一项耗时且令人沮丧的任务。在这个行业，没有经验很难找到工作。但是，你怎样才能获得工作经验呢？

我给即将毕业的学生最强烈的建议是积极寻找质量保证方面的职位。当你浏览游戏行业的招聘启事时，比如 https://jobs.gamasutra.com/，你会反复看到对经验的要求，一份又一份的发布信息都要求“三份 AAA 级出版物”或“五年的专业经验”。

在我看来，质量保证是获得这种经验的最佳方式。质量保证工作的要求基本上就是你喜欢玩游戏：你玩特定公司制作的各种游戏，并且你会琢磨你玩的游戏。面试官希望质量保证应聘者能够明智地谈论游戏，并表明他们能够对自己玩的游戏进行分析性思考，能指出哪些是有效的、哪些是可以改进的。在任何游戏行业面试中，一个非常常见的问题是：“告诉我你最近玩过的一款游戏。”这对于那些寻求质量保证职位的人来说尤其重要。

那些没有涉足游戏行业的人可能会认为质量保证部门门槛很低。事实远非如此。我认识的大多数质量保证人员都有大学学历，但他们意识到了质量保证是他们进入行业的途径，他们愿意在这个职位上投入一些时间，同时等待获得开发工作的机会。

我在游戏行业合作过的许多开发人员都是从质量保证起步的，我认识从质量保证开始做起的程序员、声效设计师、游戏设计师、制作人和创意总监。我在 Volition 的时候，当时任公司开发副总裁的人，后来成了公司总裁，他也是从质量保证做起的。质量保证可能不是一份理想的工作，但它是一个很好的开端。你可以把它看作一个领域的学徒期，这个领域比起学历和在学校里学到的技能更看重行业经验。

即使刚从大学毕业，你获得质量保证工作的机会比获得游戏开发工作的机会大得多，你也应该继续申请你所在领域的工作（除了质量保证工作），这会让你在研究公司、撰写求职信和填写申请表方面积累经验。在很多情况下，你得不到任何回应，但这在游戏行业中是很正常的。没有申请，你100%会失去工作，那么为什么不申请呢？

简言之，在申请游戏开发者的职位时，要意识到自己不太可能得到电话面试的机会，但对于质量保证工作，你必须全力争取，因为这更有可能成为你进入游戏行业的门票。

有一种经验可以帮助你找到游戏行业的工作，那就是在大学期间进行一学期或更长时间的行业实习。在游戏公司实习会帮助你从行业资深人士那里学习技能和宝贵经验，他们可以在你谋取该公司的任意全职工作时助你一臂之力，还可以帮助你建立一份游戏行业资深人士的名单，他们可以证明你在游戏项目上的表现。如果可能的话，与你所在大学的实习办公室联系，寻求帮助，以促进你的职业发展。

独立 VS AAA

学生们经常问的另一个问题是：他们应该在小型独立公司还是大型工作室寻求机会？答案很简单，如果你刚从大学毕业，那就去申请游戏行业中任何你可能成为候选人的工作，不管这家公司有多小。经验是你在职业生涯开始时需要寻求的东西，所以，计划一下如何一步步进入你心仪的公司并获得你心仪的职位。

当我和学生谈论他们的职业前景时，我会尽量控制悲观情绪，同时也会传达现实情况。几乎所有游戏行业的创新都来自独立公司，这种状况已经持续了好多年，而且很可能会持续下去。学生应该考虑在毕业后与以前的同学组建知根知底、精干强悍的游戏设计与开发团队，成立他们自己的游戏公司，即使他们自己的日常工作也是干这些事情。

当你在大学期间与其他学生一起开展小组项目时，你最终会找到与你技能互补、合作顺畅的伙伴。如果你是一名游戏设计师，那么与一名程序员和一名美术设计师合作，就可以为成立独立公司搭建一个很好的班底。你只需要从你的大学、家庭或社区获得一定的支持，就可以开干了。

在你自己的独立公司中，每个成员都需要承担更多职责，相互学习，技能互补。你有机会承担起游戏设计负责人、制作人或创意总监的职责，这个机会是在大多数成熟的游戏公司工作五年或十年内都无法获得的。

在我从事游戏行业的几十年里，我注意到与我共事的人中，那些在一家公司工作 20 年或更长时间的人，都出现在公司刚成立时或刚成立不久后。你和几位大学朋友组建的独立公司可能会成为你的终身雇主。当你在你的小公司工作并寻求行业巨头的工作时，请记住这一点。

虽然许多大型工作室可能缺乏创新，但它们比大多数独立公司或学生创办的公司更稳定。就像你可能知道的那样，即使这样也没有保证。我加入过一家名为 38Studios 的公司，他们致力于打造一款创新的多人在线游戏，历时大约五年。九个月后，公司资金耗尽，突然倒闭，所有员工失业。当 Zenimax 发布《上古卷轴 OL》时，它的表现非常差（原因在前面章节中提到过）。在游戏发布后的几个月里，公司经历了三轮裁员，我在第三轮中被解雇了。

有时，来自游戏行业以外的事件也会影响你的工作。当我在乌鸦制作室工作时，我们正在开发一款詹姆斯·邦德游戏，该游戏将在丹尼尔·克雷格的第二部邦德电影上映时发布。但是，这部电影的发行商米高梅影业破产了，电影上映被推迟，我们的项目也被取消了。意识到裁员在即，我很快在育碧蒙特利尔工作室找到了一份工作，并提前两周通知了乌鸦制作室。我在乌鸦制作室的最后一天，他们宣布裁员，牵连了工作室的 30～40 名开发者。

游戏行业没有稳赢的赌注。但我已经在这个行业做了 35 年，我知道很多人也这样做了。它需要坚持不懈，对自己和自己天赋的信任，以及经受逆境的能力。我发现这是一个非常有价值的职业，我希望你也这样认为。

图片来源：NeedPix. com。

附录 A
出版物列表

可能有人对我的职业生涯感兴趣，我列出了一个我在游戏行业的 35 年里开发的 130 多款产品的清单。这个清单的电子版可以通过 boardgamegeek. com 网站的搜索功能，在“设计师”下搜索我的名字找到。（这个清单的中文版，可通过扫描下方二维码浏览。）

附录 B
课程教学大纲

下面所列教学大纲是我所教授的每门课程的内容进度，它们向学生提供了每周要学习的内容概要，其中有关作业（任务）的所有说明和模板都可以在附录 C 中找到。这些说明和模板有助于教师审查其游戏设计和叙事设计课程的潜在内容，也可以为学生和行业从业者提供改进其设计和写作技能的工作思路。

叙事设计 I 教学大纲

概述

本课程侧重于数字游戏写作的实践，包括但不限于故事结构、人物创造、对白、主题、动画艺术、媒介的互动性质以及故事与游戏玩法的互动等教学内容。学生在课程中分析叙事和写作过程，以便更好地应对数字游戏叙事的独特挑战，同时学习如何将游戏设计、开发和制作的原则应用于叙事中，以提高写作质量，加深对数字游戏叙事结构的理解。

课程目标

- 提高学生的写作、思考和合作反馈技能。
- 让学生熟悉叙事设计师在游戏行业中的角色。
- 演示游戏中故事和设计之间的复杂交互。
- 帮助感兴趣的学生开发叙事设计和游戏设计作品集。

教材

- 本课程没有指定教材。
- 推荐：李·谢尔登（Lee Sheldon），《游戏角色发展和故事叙述》（*Character Development and Storytelling for Games*），第二版，圣智学习出版公司。
- 根据需要使用互联网文章和视频。

第 1 周——导言，故事思考

- 周二：介绍，课程目标和设置，教学大纲。
- 周四：讨论——概念文档。
  - 任务 1：概念文档，1 页（娱乐，提供模板）。
  - 可选阅读：谢尔登，第一部分——背景、第 1 章、第 2 章。

第 2 周——概念文档，情节与故事

- 周二：讨论——情节与故事，街机游戏短篇故事作业。
- 周四：工坊活动——概念文档（任务 1）。
  - 任务 2：街机游戏短篇故事。

  - 可选阅读：学生街机游戏短篇故事示例。

第 3 周——游戏和玩家，严肃游戏

- 周二：游戏设计和玩家，写作，严肃/教育游戏。
- 周四：工坊活动——街机游戏短篇故事（任务 2）。
  - 任务 3：严肃游戏概念文档，1 页（模板）。
  - 阅读：学生严肃/教育游戏概念文档示例。

第 4 周——游戏改编

- 周二：讨论——游戏改编，游戏类型和玩家。
- 周四：工坊活动——严肃游戏概念文档（任务 3）。
  - 任务 4：游戏改编概念文档，1 页（模板）。
  - 阅读：学生游戏改编概念文档示例。

第 5 周——游戏设计文档

- 周二：讨论——从概念到设计，游戏设计文档、故事和角色。
- 周四：工坊活动——游戏改编概念文档（任务 4）。
  - 任务 5：游戏设计文档，第 1 部分（模板）。
  - 阅读：之前课程中的游戏设计文档示例。

第 6 周——游戏中的故事

- 周二：讨论——游戏中的故事。
- 周四：规范活动——游戏设计文档，第 1 部分（任务 5）。
  - 任务 6：游戏世界中的短篇故事集。
  - 阅读：之前课程中的短篇故事示例。

第 7 周——游戏设计文档重制

- 周二：游戏设计文档问题、弱点。

- 周四：工坊活动——短篇故事（任务 6）。
  - 任务 7：游戏设计文档，第 2 部分。
  - 阅读：之前课程中的游戏设计文档示例。

第 8 周——整合故事和游戏玩法

- 周二：讨论——将故事与游戏玩法相结合。
- 周四：工坊活动——完成游戏设计文档（第 1 部分和第 2 部分）（任务 7）。
  - 任务 8：写一篇 2～4 页的论文，介绍在一个已发布的视频游戏中故事与游戏玩法的整合。
  - 阅读：之前课程中的故事/游戏玩法整合论文示例。

第 9 周——主人公的旅途

- 周二：讨论——游戏设计文档问题，主人公的旅途，游戏中的故事和人物。
- 周四：工坊活动——故事/游戏玩法整合论文（任务 8）。
  - 任务 9：更全面地开发游戏设计文档的故事部分，填充角色，探索动机、角色和人物关系。
  - 阅读：之前课程中的故事部分修订示例。

第 10 周——动画艺术

- 周二：讨论——动画艺术，开始和结束游戏。
- 周四：工坊活动——游戏设计文档的故事部分（任务 9）。
  - 任务 10：编写游戏开头和结尾的动画脚本。
  - 阅读：之前课程中的动画脚本示例。

第 11 周——主人公和追随者

- 周二：讨论——主人公和追随者推动游戏故事。

- 周四：工坊活动——动画脚本（任务 10）。
  - 任务 11：写一则两到四页的关于游戏追随者的短篇故事。
  - 阅读：之前课程中的追随者故事示例。

第 12 周——任务

- 周二：讨论——基于故事的任务，将故事与游戏玩法相结合。
- 周四：工坊活动——追随者故事（任务 11）。
  - 任务 12：发展三个任务/使命，补充游戏故事，突出游戏玩法。
  - 阅读：之前课程中的任务示例。

第 13 周——故事和任务

- 周二：讨论——修订过程。
- 周四：工坊活动——任务（任务 12）。

第 14 周——重写和修订

- 周二：讨论——重温短篇故事讨论，以游戏世界为背景的小说。
- 周四：工坊活动——带上以前的（与游戏相关的）短篇故事，提出修改建议。
  - 任务 13A：在游戏世界中写另外一个短篇故事集，不是关于主人公、追随者或之前的主角的。
  - 任务 13B：利用同学和教师的反馈，对之前为本课程编写的短篇故事进行重大修改。
  - 阅读：更多学生短篇故事。

第 15 周——课程总结

- 周二：工坊活动——短篇故事（任务 13）。
- 周四：最后一节课！课程总结和反馈。填写评估。
  - 任务 14：修改并扩展游戏设计文档中的所有元素。
  - 任务 15：写一篇对你在这门课上的经历的简短的反思报告。

成绩构成（共 1 000 分）

出勤和参与（同行评议和讨论板）：200 分。

任务 1～13：每个任务 50 分（总共 650 分）。

任务 14：125 分。

任务 15：25 分。

总共 1 000 分。

出勤政策

出勤率是你的参与度评分的一部分。缺课一次以上，就会扣除分数，扣除多少分数取决于你参与度的其他方面——同行评议、讨论板参与、游戏测试和反馈等。

叙事设计Ⅱ教学大纲

概述

本课程以叙事设计Ⅰ课程的经验为基础，要求学生合作或者单独完成各种叙事设计和游戏设计作业。在开发创造性的游戏设计基础上，也强调写作的引人入胜。互动小说游戏（IF）是一个重点。学生学习现有的互动小说游戏，并开发一款或多款自己的游戏（在 Twine2 应用程序中）。

课程目标

- 提高学生的写作、思考和合作反馈技能。
- 让学生熟悉游戏行业中叙事设计师的角色。
- 让学生熟悉互动小说游戏/文本冒险游戏领域。
- 演示游戏中故事和设计之间的复杂交互。
- 帮助感兴趣的学生开发叙事设计或游戏设计作品集。

教材

- 本课程指定教材。
- 推荐：李·谢尔登《游戏角色发展和故事叙述》，第二版，圣智学习出版公司。
- 根据需要使用互联网文章和视频。

第 1 周——导言、课程目标和要求、教学大纲、概念等

- 任务 1：概念/推介文档，1 页（娱乐游戏，提供模板）。
- 阅读：Twine2 简介。
  - http://www.auntiepixelante.com/twine/
  - https://www.youtube.com/watch?v=5yCZaQLb_Kw&index=1&list=PLlXuD3kyVEr5tlic4SRe6ZG-R9OyS1T4d——至少观看第一个（简介）视频；如果你有时间，多看一些。

第 2 周——讨论：故事。工坊阅读和反馈

- 任务 2：学生在工坊小组中相互交换概念，并为另一个学生的概念文档写一个故事和创造一组角色。
- 工坊活动：审查并反馈彼此的概念文档。
- 阅读：更多 Twine2 内容。
  - https://www.youtube.com/watch?v=1jukyU4EK2M&list=PLFgjYYTq6xyjBtXJTvEaBTVUWxirY6q24

第 3 周——讨论：游戏设计讨论。工坊阅读和反馈

- 任务 3：学生交换概念和故事文档，并为其他学生的概念/故事创建一个游戏世界/背景文档。
- 工坊活动：审查并反馈概念/故事组合。
- 阅读：更多 Twine2 内容。
  - http://www.gamasutra.com/blogs/DanCox/20130218/186810/Learning_Twine_Part_3.php
  - https://www.youtube.com/watch?v=zVKtU0cvb6k

第 4 周——讨论：动画。工坊阅读和反馈

- 任务 4：每个学生将工作小组中其他三名学生编写的概念/故事/背景组合起来，并编写一个开场动画脚本和一个结尾动画脚本作为补充。
- 工坊活动：审查并反馈概念/故事/背景组合包。
- 阅读：继续学习上述链接中的 Twine2 视频。

第 5 周——讨论：互动小说游戏，文本冒险游戏。工坊阅读和反馈

- 任务 5：从下面的列表中选择一个互动小说游戏玩一下，写一篇 1～2 页的故事和游戏玩法分析。思考一下你将要创造的游戏的要点。

- 太空服（http://ifdb.tads.org/viewgame?id=1mfe25emkc3o1eo9）。
- 浮冰之下（https://bravemule.itch.io/beneathfloes）。
- 冒险（http://ifdb.tads.org/viewgame?id=fft6pu91j85y4acv——点击“在线游戏”）。

- 工坊活动：审查由小组中的每个概念开发出的整个游戏设计包。
- 阅读：作业算作本周的阅读。

第 6 周——讨论：游戏设计。工坊阅读和反馈

- 任务 6：每个学生根据他们在本课程中创建的概念开发一份游戏设计文档（来自针对互动小说游戏的模板）。
  - 故事大纲、角色、背景、游戏玩法元素。
- 工坊活动：讨论小组中每个学生玩的互动小说游戏，回顾他们的分析，讨论从每个游戏中吸取的经验。
- 阅读：继续学习上述链接中的 Twine2 视频。

第 7 周——讨论：玩家体验。工坊阅读和反馈

- 任务 7：每个学生都要绘制一个用于向玩家展现他们的游戏的计划流程图，详细描述玩家在游戏故事中的路径。
  - 推荐流程图应用程序！
- 工坊活动：审查并反馈游戏设计文档。
- 阅读：继续学习上述链接中的 Twine2 视频。

第 8 周——讨论：互动小说和文本冒险游戏原则。工坊阅读和反馈

- 任务 8：根据反馈修改和扩展游戏设计文档。
- 工坊活动：审查并反馈流程图。
- 阅读：继续学习上述链接中的 Twine2 视频。

第 9 周——讨论：游戏设计文档问题。工坊阅读和反馈

- 任务 9：开始创建游戏；正在进行的工作。把游戏带到课堂上。
- 工坊活动：玩学生的游戏，在讨论板中提供反馈。
- 阅读：根据需要继续学习上述链接中的 Twine2 视频。

第 10 周——讨论：互动小说和文本冒险游戏问题。工坊阅读和反馈

- 任务 10：继续开发游戏。把游戏带到课堂上。
- 工坊活动：玩学生的游戏，在讨论板中提供反馈。
- 阅读：根据需要继续学习上述链接中的 Twine2 视频。

第 11 周——讨论：学生游戏的问题。工坊阅读和反馈

- 任务 11：继续开发游戏。把游戏带到课堂上。
- 工坊活动：玩学生的游戏，在讨论板中提供反馈。
- 阅读：根据需要继续学习上述链接中的 Twine2 视频。

第 12 周——讨论：学生游戏的问题。工坊阅读和反馈

- 任务 12：继续开发游戏。把游戏带到课堂上。
- 工坊活动：玩学生的游戏，在讨论板中提供反馈。
- 阅读：根据需要继续学习上述链接中的 Twine2 视频。

第 13 周——讨论：学生游戏的问题。工坊阅读和反馈

- 任务 13：继续开发游戏。把游戏带到课堂上。
- 工坊活动：玩学生的游戏，在讨论板中提供反馈。
- 阅读：根据需要继续学习上述链接中的 Twine2 视频。

第 14 周——讨论：学生游戏的问题。工坊阅读和反馈

- 任务 14：进入游戏的最终版本。

第 15 周——讨论：课程和内容总结，课后反思

- 任务 15：写一篇关于创建游戏的过程的反思报告，内容包括哪些工作有效、哪些工作无效、你学到了什么，以及对如何改进课堂的建议。

成绩构成（共 1 000 分）

出勤和参与（同行评议和讨论板）：125 分。

任务 1～13：每个任务 50 分（总共 650 分）。

任务 14：200 分。

任务 15：25 分。

总共 1 000 分。

出勤政策

出勤率是你的参与度评分的一部分。缺课一次以上，就会扣除分数，扣除多少分数取决于你参与度的其他方面——同行评议、讨论板参与、游戏测试和反馈等。

模拟游戏设计教学大纲

概述

在本课程中，学生将学习模拟游戏设计理论，分析各种棋盘、纸牌和骰子游戏，然后创建自己的游戏原型，供全班同学进行游戏测试。

学习目标

- 向学生介绍游戏行业实践和职位结构。
- 以工作坊的形式展示游戏设计的各种方法以及优秀游戏设计遵循的基本原则。
- 以工作坊的形式展示游戏开发的各种方法以及优秀游戏开发遵循的基本原则。
- 让学生获得一个游戏概念，在详细的游戏设计文档中对其进行扩展，然后创建一个游戏原型，通过游戏测试加以完善。

预期成果

- 学生将了解模拟游戏行业，既是一种爱好，也是一种职业。
- 学生将获得游戏设计原则和实践的基本知识。
- 学生将以工作坊的形式展示游戏开发的各种方法以及优秀游戏开发遵循的基本原则。
- 学生将对如何通过原型设计和游戏测试的过程获得一个想法产生初步理解。

教材

- 推荐但不指定：
  - 迈克·塞林格（Selinker，Mike）：《狗头人桌游设计指南》（*Kobold Guide to Board Game Design*，2011）。
  - 根据需要使用互联网视频和文章。

进度表

第 1 周——启动

- 周一：介绍课程，自我介绍，讨论教学大纲——Prezi 展示。
- 周三：游戏设计基础；游戏系统和游戏机制。
- 周五：流程和进展；游戏主题；玩家互动是至关重要的；《保卫愚者之渡》。
  - 任务 1：评议教学大纲。

第 2 周——游戏设计基础

- 周一：无课。
- 周三：玩游戏。
- 周五：玩游戏。
  - 任务 2：对一款已玩游戏的游戏系统和机制进行分析。——同行评议（2）。

第 3 周——玩家和类型

- 周一：游戏玩家。
- 周三：游戏类型和核心系统/机制。
- 周五：游戏设计的定义（3）——玩家体验、记者提问、蜜獾。

- 任务 3：使用巴特尔分类法（针对你玩的三种以上游戏类型）和 QF 系统，分析你自己作为游戏玩家的感受。
  ——同行评议（2）。

第 4 周——设计游戏

- 周一：游戏开发过程——预开发、开发、测试、优化。
- 周三：概念文档。
- 周五：工坊活动——小组进行概念头脑风暴。
  - 任务 4：根据模板创建两个概念文档。
    ——同行评议（2）。

第 5 周——游戏设计文档

- 周一：工坊活动——小组讨论，阅读彼此的概念，提出建议。
- 周三：讨论游戏设计文档，用心思考模板。
- 周五：问题，游戏设计文档中存在的困难？
  - 任务 5：游戏设计文档，初始版本。
    ——同行评议（2）。

第 6 周——继续游戏设计文档

- 周一：工坊活动——小组讨论，回顾游戏设计文档，提出建议。
- 周三：工坊活动——小组讨论，回顾游戏设计文档，提出建议。
- 周五：讨论游戏设计文档中的问题。工坊活动——小组讨论，回顾游戏设计文档，提出建议。

- 任务 6：游戏设计文档，第二版。

  ——同行评议（2）。

第 7 周——从前期制作到开发

- 周一：讨论从游戏设计文档开始开发一款游戏。
- 周三：工坊活动——回顾第二版游戏设计文档，提出建议。
- 周五：工坊活动——回顾第二版游戏设计文档，提出建议。
  - 任务 7：初始原型（包括规则！）。

    ——没有同行评议。

第 8 周——游戏测试，第 1 轮

- 周一：讨论；测试学生游戏。
- 周三：测试学生游戏。
- 周五：测试学生游戏。
  - 任务 8：游戏的第二次迭代。

    ——反馈（在讨论板上，针对所有玩过的游戏）。

第 9 周——游戏测试，第 2 轮

- 周一：讨论；测试学生游戏。
- 周三：测试学生游戏。
- 周五：测试学生游戏。
  - 任务 9：游戏的第三次迭代。

    ——反馈（在讨论板上，针对所有玩过的游戏）。

第 10 周——游戏测试，第 3 轮

- 周一：讨论；测试学生游戏。
- 周三：测试学生游戏。

- 周五：测试学生游戏。
  - 任务 10a：游戏的第四次迭代。**或**
  - 任务 10b：新游戏的概念文档和游戏设计文档。

  ——反馈（在讨论板上，针对所有玩过的游戏）。

第 11 周——游戏测试，第 4 轮

- 周一：讨论；测试学生游戏。
- 周三：测试学生游戏。
- 周五：测试学生游戏。
  - 任务 11a：游戏的第五次迭代。**或**
  - 任务 11b：新游戏的第一次迭代。

  ——反馈（在讨论板上，针对所有玩过的游戏）。

第 12 周——游戏测试，第 5 轮

- 周一：讨论；测试学生游戏。
- 周三：测试学生游戏；对游戏的反馈。
- 周五：测试学生游戏；对游戏的反馈。
  - 任务 12：游戏的初期测试版迭代。

  ——反馈（在讨论板上，针对所有玩过的游戏）。

第 13 周——游戏测试，第 6 轮

- 周一：讨论；测试学生游戏。
- 周三：测试学生游戏。
- 周五：测试学生游戏。
  - 任务 13：游戏的测试版版本。

  ——反馈（在讨论板上，针对所有玩过的游戏）。

第 14 周——游戏测试，第 7 轮

- 周一：测试学生游戏。
- 周三：测试学生游戏。
- 周五：测试学生游戏。
  - 任务 14：游戏的改进版版本。

    ——反馈（在讨论板上，针对所有玩过的游戏）。

第 15 周——最终游戏测试和课程总结

- 周一：测试学生游戏。
- 周三：学生游戏的最终测试。
- 周五：最后一节课！课程总结和反馈。填写评估。
- 反馈（在讨论板上，针对所有玩过的游戏）。
  - 任务 15：完善版游戏和规则**以及**最终版游戏设计文档。
  - 任务 16：反思报告。

成绩构成（共 1 000 分）

出勤和参与（包括同行评议）：240 分。

任务 1～14：每个任务 40 分（总共 560 分）。

任务 15：150 分。

任务 16：50 分。

总共 1 000 分。

出勤政策

出勤率是你的参与度评分的一部分。缺课一次以上，就会扣除分数，扣除多少分数取决于参与度的其他方面——同行评议、讨论板参与、游戏测试和反馈等。

世界观设计教学大纲

概述

本课程帮助学生探索在互动电子游戏中开发一个广阔的游戏世界所涉及的原则，包括研究作家和设计师在开发独特而令人兴奋的虚构世界时所使用的各种技术，重点在于传达游戏世界的社会和历史。

课程目标

- 学生将进一步了解互动游戏世界设计的专业性要求。
- 学生将学习和展示电影、小说和游戏作者在世界的设计开发中所使用的技巧。
- 学生将展示他们分析并将相关历史和文化元素融入游戏世界设计的能力。

教材

- RPG Maker、GameMaker Studio 或 Unity。

进度表（略）

第 1 周——启动

- 周一：介绍课程，自我介绍，讨论教学大纲。
  - 任务，参与（出勤和同行评议）。

  - 没有考试或测验。
- 周三：游戏设计元素；主题（展示来自外太空可怕的绿色物体）
  - 怪诞三角。
- 周五：讨论游戏开发环境（RPG Maker 等）。

第 2 周——世界观设计

- 周一：劳动节，没有课！
- 周三：世界观设计。
  - 背景、故事、角色、冲突、行动和事件。
  - 为游戏世界提供深度和连贯性。
  - 回答记者的问题——WWWWWH——关于你的世界。
- 周五：讨论不同的世界观设计。
  - 《马里奥赛车》《上古卷轴 5：天际》；学生意见。
  - 任务 1：世界观设计分析，你选择的游戏。

    ——同行评议（2）。

第 3 周——为玩家设计

- 周一：你的玩家是谁？他们想要什么？
  - 巴特尔分类法。
  - QF。
- 周三：游戏类型及其玩家。
- 周五：教程。
  - 任务 2：作为玩家的自我分析（巴特尔和 QF）

    ——同行评议（2）。

第 4 周——概念文档

- 周一：概念文档介绍、游戏设计文档和迭代。
- 周三：针对游戏开发应用程序创建概念和游戏设计文档。
- 周五：教程。
  - 任务 3：创建两个概念文档，作为游戏设计的开始。

第 5 周——从概念到游戏设计文档，第 1 部分

- 周一：工坊活动——小组阅读并讨论彼此的概念。
- 周三：工坊活动——新的小组阅读并讨论彼此的概念。
- 周五：教程。
  - 任务 4：选择两个概念中的一个，发展游戏设计文档的第 1 部分。

第 6 周——游戏设计文档，第 2 部分

- 周一：工坊活动——小组阅读并讨论彼此的游戏设计文档，第 1 部分。
- 周三：工坊活动——新的小组阅读并讨论彼此的游戏设计文档，第 1 部分。
- 周五：教程。
  - 任务 5：开发游戏设计文档的第 2 部分。

第 7 周——整体游戏设计文档审查和修改

- 周一：工坊活动——小组审查并对整体游戏设计文档提供反馈。
- 周三：工坊活动——新的小组审查并对整体游戏设计文档提供反馈。
- 周五：组建团队共同开发游戏世界。

  - 任务 6：根据反馈修改游戏设计文档的两个部分。
  - 同行评议（2）。

第 8 周——从游戏设计文档到游戏世界

- 周一：最终工坊活动——游戏设计文档修改，新的小组。
- 周三：工作日。
- 周五：工作日。
  - 任务 7：提交游戏世界的初始版本。

第 9 周——游戏测试，第 1 轮

- 周一：游戏测试。
  - 反馈（在讨论板上）：对周一的游戏进行审查并给出反馈。
- 周三：工作日。
- 周五：工作日。
  - 任务 8：提交更新日志。在课堂中上交修改后的游戏。

第 10 周——游戏测试，第 2 轮

- 周一：工作日。
- 周三：游戏测试。
  - 反馈（在讨论板上）：对周三的游戏进行审查并给出反馈。
- 周五：工作日。
  - 任务 9：提交更新日志。在课堂中上交修改后的游戏。

第 11 周——游戏测试，第 3 轮

- 周一：游戏测试。
  - 反馈（在讨论板上）：对周一的游戏进行审查并给出反馈。
- 周三：工作日。

- 周五：工作日。
  - 任务 10：提交更新日志。在课堂中上交修改后的游戏。

第 12 周——游戏测试，第 4 轮

- 周一：游戏测试。
  - 反馈（在讨论板上）：对周一的游戏进行审查并给出反馈。
- 周三：工作日。
- 周五：工作日。
  - 任务 11：提交更新日志。在课堂中上交修改后的游戏。

第 13 周——游戏测试，第 5 轮

- 周一：游戏测试。
  - 反馈（在讨论板上）：对周一的游戏进行审查并给出反馈。
- 周三：工作日。
- 周五：感恩节假期！
  - 任务 12：提交更新日志。在课堂中上交修改后的游戏。

第 14 周——游戏测试，最后一轮

- 周一：游戏测试。
  - 反馈（在讨论板上）：对周一的游戏进行审查并给出反馈。
- 周三：工作日。
- 周五：工作日。
  - 任务 13：提交游戏的完善版（最终）版本。

第 15 周——总结

- 周一：讨论将游戏设计文档修改为最终状态。测试游戏。
- 周三：讨论。测试游戏。

- 周五：最后一节课——总结、反馈、评估。
  - 任务 14：两部分任务——最终修改好的游戏设计文档和反思报告。

成绩构成（共 1 000 分）

任务 0（出勤和参与）：150 分。

任务 1～12：每个任务 50 分（总共 600 分）。

任务 13：150 分。

任务 14：100 分。

总共 1 000 分。

出勤政策

出勤率是你的参与度评分的一部分。缺课一次以上，就会扣除分数。上课总是迟到的话，也会扣除你的参与度评分。扣除多少分数取决于你参与度的其他方面——同行评议、讨论板参与、游戏测试和反馈等。

数字游戏设计导论教学大纲

概述

本课程为对电子游戏开发的阐释，帮助学生了解游戏设计以及游戏、玩游戏之外的其他方面的知识。课程重点之一是解构和批评目前流行的电脑和主机游戏及其类型。学生们需负责一个“还原”（devolver）项目，在这个项目中，每个团队负责分析一款电子游戏，并创建一款模拟游戏，以传达原始游戏的基本玩法。学生们还可以创建自己的游戏概念文档和游戏设计文档，并在此基础上开发游戏原型。建议学生有电子游戏经验，但这也不是必需的。

课程目标

- 了解使游戏“有趣”的认知需求、有效模式、平衡问题和观众期望。
- 熟练评估和评议游戏标题及类型。
- 能够创建游戏提案供老师审阅。学生将接触专业的游戏开发引擎和软件。

其他目标

- 使用一个简单的游戏开发应用创建电子游戏。
- 解构电子游戏，创建保留原作本质的模拟游戏。

教材

- 本课程没有指定教材。
- 根据需要使用互联网文章和视频。

进度表

第 1 周——导言

- 周二：介绍自己和课程；询问学生的游戏背景；讨论教学大纲。
- 周四：游戏类型（类别创建列表）和关于角色扮演游戏演变

的 Prezi（电子游戏的演变；也是用 Prezi）。

- 任务 1：评议教学大纲。

第 2 周——游戏玩家

- 周二：巴特尔分类法，QF；事后评估介绍。
- 周四：游戏设计＝打造玩家体验，记者提问，蜜獾。玩家想要什么（按类型）？
  - 任务 2：以玩家身份进行自我分析。
    ——同行评议（2）。
  - 任务 3：事后报告（第 4 周结束时提交）。
    ——同行评议（2）。

第 3 周——游戏

- 周二：讨论自我分析。游戏系统和游戏机制。
- 周四：使用油管/LetsPlay 视频，在课堂上分析《10 000 000》和《纸境奇缘》。
  - 任务 4：分析一款你熟悉的电子游戏，讨论其系统和机制，以及它们如何协同运作以创造玩家体验。
    ——同行评议（2）。

第 4 周——游戏设计

- 周二：我对游戏设计的三个定义。游戏设计元素。
- 周四：讨论游戏中的流程。讨论概念文档——抓住本质！
  - 任务 3（从第 2 周开始）：行动后报告。
    ——同行评议（2）。

第 5 周——前期制作

- 周二：介绍 Scratch 和团队。展示先前课上创建的游戏文档的链接。讨论概念文档。

- 团队可以选择使用其他游戏开发应用程序——Twine 2，RPG Maker，等等。

• 周四：团队工坊活动，界定游戏概念。
  - 任务 5：为你计划在 Scratch（或其他应用程序）中创建的游戏编写一页概念文档（使用模板）。
    ——同行评议（2）。

第 6 周——游戏设计文档

• 周二：讨论团队概念文档——问题、适用性等。游戏设计文档——从概念中构建，在游戏开发中的位置。

• 周四：团队一起进行游戏设计文档的编写工作。
  - 任务 6：使用提供的模板编写游戏设计文档。
    ——同行评议（2）。

第 7 周——游戏设计文档研讨会

• 周二：游戏设计文档工坊活动，三人一组。

• 周四：游戏设计文档工坊活动，三人一组。
  - 任务 7：数字游戏原型。

第 8 周——数字游戏原型

• 周二：游戏测试和原型反馈。
  - 在讨论板上发表反馈——取代同行评议。

• 周四：游戏测试和原型反馈。
  - 在讨论板上发表反馈——取代同行评议。
  - 任务 8：数字游戏测试版。

第 9 周——数字游戏改进版

- 周二：游戏测试和测试版反馈。
  - 在讨论板上发表反馈——取代同行评议。
- 周四：游戏测试和测试版反馈。
  - 在讨论板上发表反馈——取代同行评议。
  - 任务 9：数字游戏改进版。

第 10 周——数字游戏最终版

- 周二：游戏测试和改进版反馈。
  - 在讨论板上发表反馈——取代同行评议。
- 周四：游戏测试和改进版反馈。
  - 在讨论板上发表反馈——取代同行评议。
  - 任务 10：数字游戏最终版。

第 11 周——还原项目：规划

- 周二：还原项目！还原团队任务。还原团队聚集在一起讨论提案和游戏设计问题。
- 周四：还原项目工作。
  - 任务 11：提交详细的还原项目提案。
    ——同行评议（2）。

第 12 周——还原项目：推进

- 周二：还原项目工作。
- 周四：还原项目工作。
  - 本周没有任务！

第 13 周——还原项目：测试版

- 周二：还原项目工作。

- 周四：游戏测试和关于还原项目的反馈。
  - 任务 12：将还原游戏的测试版带到课堂上。
    ——将游戏反馈写在讨论板上。

第 14 周——还原项目：改进版

- 周二：游戏测试和关于还原项目的反馈。
- 周四：游戏测试和关于还原项目的反馈。
  - 任务 13：还原项目改进版。
    ——将游戏反馈写在讨论板上。

第 15 周——最终项目和最后一节课/总结

- 周二：最终游戏测试和关于还原项目的反馈。
- 周四：最后一节课！课程总结和反馈。填写评估。
  - 任务 14：还原项目发布候选版。
    ——将游戏反馈写在讨论板上。
  - 任务 15：还原项目最终版
    ——无须讨论板反馈！
  - 任务 16：反思报告。

成绩构成（共 1 000 分）

出勤和参与（同行评议和讨论板）：200 分。

任务 1～2、4～9、11～14 和 16：每个任务 40 分（总共 520 分）。

任务 3：80 分。

任务 10 和 15：各 100 分（总共 200 分）。

总共 1 000 分。

出勤政策

出勤率是你的参与度评分的一部分。缺课一次以上，就会扣除分数，扣除多少取决于你参与度的其他方面——同行评议、讨论板参与、游戏测试和反馈等。

高级概述教学大纲

概述

学生在课程中运用从先前课上获得的知识创建一个自己设计的项目。这个顶点项目展示了学生的技能，旨在帮助学生踏上理想职业道路的第一步。学生负责创建一个关键任务导图（里程碑图），列出完成项目所需的任务，以及这些任务将在何时完成的计划时间表。顶点项目应该成为学生作品集的核心，并可能最终带来一个可发布的游戏或与游戏相关的项目。

课程学习目标

- 学生应将游戏设计课程的所有先前课程作品结合起来，并将其应用于创建一个独立设计、计划和开发的游戏项目或高级论文/研究论文项目。
- 学生选择一个自己设计的游戏项目概念或研究论文/论文主题，并进行开发（包括创建和遵循项目的关键任务导图）。
- 学生在项目开发过程中，或在创建经过充分研究和编写的文献综述和研究提案文档过程中，展示对游戏设计和文档编制过程的理解。

材料

- 没有教材。
- 根据需要使用互联网视频和文章。

进度表

第1周——启动

- 周一：介绍课程，自我介绍，讨论教学大纲——Prezi!
- 周三：学生（非正式）展示高级项目。关键任务导图讨论。
- 周五：关键任务导图讨论——困难、问题等。
  - 任务1：初始关键任务导图。

第2周——关键任务导图工坊讨论

- 周一：不上课。
- 周三：工坊讨论——关键任务导图审查和反馈。
- 周五：工坊讨论——关键任务导图审查和反馈。
  - 任务2：关键任务导图修改。

第3周——关键任务导图工坊讨论

- 周一：工坊讨论——关键任务导图审查和反馈。
- 周三：工坊讨论——关键任务导图审查和反馈。
- 周五：工坊讨论——关键任务导图审查和反馈。
  - 任务3：

    —A组，展示1。

    —B组，展示1。

第 4 周——展示，第 1 轮

- 周一：A 组展示。
- 周三：B 组展示。
- 周五：机动日——工坊活动或讨论。
  - 任务 4：
    —A 组，展示 2。
    —B 组，展示 2。

第 5 周——展示，第 2 轮

- 周一：A 组展示。
- 周三：B 组展示。
- 周五：机动日——工坊活动或讨论。
  - 任务 5：
    —A 组，展示 3。
    —B 组，展示 3。

第 6 周——展示，第 3 轮

- 周一：A 组展示。
- 周三：B 组展示。
- 周五：机动日——工坊活动或讨论。
  - 任务 6：
    —A 组，展示 4。
    —B 组，展示 4。

第 7 周——展示，第 4 轮

- 周一：A 组展示。
- 周三：B 组展示。

- 周五：机动日——工坊活动或讨论。
  - 任务 7：
    —A 组，展示 5。
    —B 组，展示 5。

第 8 周——展示，第 5 轮

- 周一：A 组展示。
- 周三：B 组展示。
- 周五：机动日——工坊活动或讨论。
  - 任务 8：
    —A 组，展示 6。
    —B 组，展示 6。
  - 任务 9：关键任务导图更新（来自所有学生）。

第 9 周——展示，第 6 轮

- 周一：A 组展示。
- 周三：B 组展示。
- 周五：机动日——工坊活动或讨论。
  - 任务 10：
    —A 组，展示 7。
    —B 组，展示 7。

第 10 周——展示，第 7 轮

- 周一：A 组展示。
- 周三：B 组展示。
- 周五：机动日——工坊活动或讨论。
  - 任务 11：

—A 组，展示 8。

—B 组，展示 8。

第 11 周——展示，第 8 轮

- 周一：A 组展示。
- 周三：B 组展示。
- 周五：机动日——工坊活动或讨论。
  - 任务 12：

    —A 组，展示 9。

    —B 组，展示 9。

第 12 周——演示，第 9 轮

- 周一：A 组展示。
- 周三：B 组展示。
- 周五：机动日——工坊活动或讨论。
  - 任务 13：

    —A 组，展示 10。

    —B 组，展示 10。

第 13 周——展示，第 10 轮

- 周一：A 组展示。
- 周三：B 组展示。
- 周五：机动日——工坊活动或讨论。
  - 任务 14：

    —A 组，展示 11。上课时间交。

    —B 组，展示 11。上课时间交。

第 14 周——展示，第 11 轮

- 周一：A 组展示。
- 周三：B 组展示。
- 周五：展示。
  - 任务 15：
    —A 组，展示 12。
    —B 组，展示 12。

第 15 周——最终展示，第 12 轮

- 周一：A 组展示。
- 周三：B 组展示。
- 周五：C 组展示。
- 注意：这些都是正式的展示——简要概述你的项目，它将如何帮助你在预期的行业中找到一份工作，然后向我们展示你在过去 15 周内所做的工作。
  - 本次展示限定 12～15 分钟。如果没有足够的时间让所有人都参与进来，最后几场展示将在下周完成。
  - 任务 16，第 1 部分：最终展示。

第 16 周——课程总结、反馈、评估

- 周一：这节课在我们预定的期末考试时间上。所有学生都要参加。这段时间将用于上一周没有完成的展示，以及课程的课后反思/总结，学生们将反馈哪些内容对他们有用、哪些内容可以改进。
  - 任务 16，第 2 部分——项目的最终版。
  - 任务 17：反思报告。

成绩构成（共1 000分）

出勤和参与（包括同行评议）：240分。

任务1～15，17：每个任务40分（总共640分）。

任务16：120分。

总共1 000分。

出勤政策

出勤率是你的参与度评分的一部分。缺课一次以上，就会扣除分数，扣除多少分数取决于你参与度的其他方面——同行评议、讨论板参与、游戏测试和反馈等。

附录 C
课程作业（说明和模板）

这一部分包含了我为自己的游戏设计和叙事设计课程所创建的作业说明和模板，教师和学生可用它们指导课堂学习，也适用于希望创建或强化自己游戏设计或叙事设计技能包的个人。这里的作业来自我作为游戏设计师和叙事设计师多次完成的任务，它们都是游戏工作室希望从潜在雇主那里获得的工作类型。

有些作业仅仅用于对学生的指导，而另一些作业包含帮助指导学生完成作业的模板。我希望这些指导和模板描述能帮助同行教师们创建或修改他们所教授的游戏设计和叙事设计课程，也乐于在 michaelbreault50@webster. edu 看到反馈和建议。

叙事设计任务 I

这是关于游戏写作的两门课程中的第一门。作业（任务）按照学生在课程进行过程中遇到它们的顺序呈现；但“参与”这个任务没有被列入其中，因为它用于记录学生的出勤情况以及课堂讨论和活动的参与情况，伴随整个学期。

如附录 B 所述，在每个作业的截止日期到来后，所有学生作品将由三到四名学生组成的小组研讨会进行审查。学生从他们的同龄人那里收到关于他们的写作和游戏设计想法的反馈。这门课的最后两项作业包括修改以前的作品（老师和同学的早期反馈可以帮助学生修改他们的作品）。

概念

在本课程中，学生们将创建三个游戏设计概念，并在一页的概念文档中分别介绍它们。一份优秀的概念文档能够显示出创造力和将想法转化为游戏大纲的能力，而它们都是大多数游戏公司所看重的员工的能力。你可以随意使用这些模板作为开发自己概念的指南。

这三个概念分别概括了一种非常不同的游戏类型，如下所述。学生们使用这些概念中的一个作为本学期剩余时间作品的基础。

任务 1——概念文档 #1（娱乐）

为你可能感兴趣的游戏创建一页纸的概念文档。使用下面的概念文档模板指导你的工作。模板中斜体字的存在是为了帮助你填写每个部分，请确保在输入内容时将其删除！在这里，简洁很重要，所以请坚持把篇幅控制在一页纸之内。

注意：将这个概念文档控制在一页纸之内。明确什么是要传达给目标受众（忙碌的高管、烦闷的营销人员和工作过度的游戏开发者）的最重要的内容，务必简明扼要。

概念文档模板——娱乐游戏

游戏名称

给你的游戏起个名字！在填写完模板的其余部分后再填写此项。

目标受众

你的游戏是为谁设计的？谁会喜欢呢？

主要设想

用几句话描述你的游戏。

类型

这是什么类型的游戏？它和什么样的游戏类似？

描述

描述游戏的外观和感觉。简要描述游戏世界、玩家在其中的位置等。提供比上文中的“主要设想”部分更多的细节。

故事

你的游戏的故事是什么？为什么玩家会出现在这里，他/她在做什么？他/她的最终目标是什么？（即使游戏中没有明确的故事、人物和对话，也应该有玩家的背景和目标。）

背景/环境

列出并简要说明游戏的背景/环境。玩家在游戏中会看到什么？他/她将要去哪里？

特点/游戏玩法

列出游戏的重要特点，并举例说明其玩法。本部分应是对上文中的“描述”部分的补充，而不是重复。列一个项目清单会很有效。这种游戏玩法如何匹配你的故事和背景？

独特卖点

你的游戏的独特卖点是什么？它与其他游戏有什么不同？

任务2——街机游戏短篇故事

每个学生都要选择一个经典的、没有故事的街机游戏，并为它写一篇短篇故事（至少两页）。这个故事应该提供一个关于主角背景、游戏世界/场景以及主角目标和动机的独特视角。

所谓“经典街机游戏”，我指的是像《太空入侵者》《乒乓》《守卫者》《青蛙过河》《打空气》等这样的游戏。

本作业旨在为学生们提供一个初步的虚构写作练习，从街机游戏的基本情节开始。

任务3——概念文档＃2（严肃/教育）

使用下面的模板创建另一个概念文档。这一次针对教育或严肃游戏，务必讨论想要传达给玩家的学习内容。

记住，“教育”意味着教给某人一些对他们有用的东西，它们不一定是你在学校学习的知识。

注意：将这个概念文档控制在一页纸之内。明确什么是要传达给目标受众（忙碌的高管、烦闷的营销人员和工作过度的游戏开发者）的最重要的内容，务必简明扼要。

概念文档模板——教育/严肃游戏

游戏名称

给你的游戏起个名字！在填写完模板的其余部分后再填写此项。

目标受众

你的游戏是为谁设计的？谁将从你所传达的内容中获益？

主要设想

用几句话描述你的游戏。包含要传达给玩家的内容。

类型

这是什么类型的游戏？它和什么样的游戏类似？

描述

描述游戏的外观和感觉。简要描述游戏世界、玩家在其中的位置等。提供比上文中的"主要设想"部分更多的细节。

故事

你的游戏的故事是什么？为什么玩家会出现在这里，他/她在做什么？他/她的最终目标是什么？（即使游戏中没有明确的故事、人物和对话，也应该有玩家的背景和目标。）

背景/环境

列出并简要说明游戏的背景/环境。玩家在游戏中会看到什

么？他/她将要去哪里？

特点/游戏玩法

列出游戏的重要特点，并举例说明其玩法。本节应是对上文中的“描述”部分的补充，而不是重复。列一个项目清单会是呈现这些信息的最佳方式。这种游戏玩法如何匹配你的内容？

独特卖点

你的游戏的独特卖点是什么？它与其他游戏有什么不同？

任务 4——概念文档＃3（游戏改编）

选择还没有被改编为游戏的小说、漫画、电视剧或电影，编写一个概念文档，将该 IP 调整为游戏形式（娱乐、教育或训练）。此文档可以超过一页纸，但不能超过两页纸。使用下面这个模板指导你的改编。

概念文档模板——游戏改编

原始 IP（知识产权）

告诉我们你的游戏将基于什么作品（电影、图书等）。

游戏世界/背景

描述作品中的世界。

预期游戏类型

请告诉我们你为这一游戏改编作品所选择的游戏类型，以

及为什么你认为这是在游戏中呈现此作品的最佳方式。

原始故事

给我们一个原始作品的故事概述。然后告诉我们你的游戏是否能让玩家接受这个故事或体验其中的一部分，或者你的游戏是否打算讲述一个完全不同的故事。如果是后者，请说明你计划如何确保你的故事忠实于原作的外观和感觉，使玩家不会感到被误导。

你的故事

给我们一些你计划的故事中的主要场景，让我们感受一下玩家的体验。如果将本部分与上一部分合并更适合你，请随意合并。

原始角色

列出原始作品中的主要人物，并简要描述他们在故事中的性格和角色。如果有的话，还要提到这些原始角色在你的故事中扮演的角色。

你的角色

告诉我们你故事中的主要人物，给我们一些关于他们的背景、性格以及他们在你的游戏和故事中扮演的角色的细节。一定要让我们对你的主角和他们的宿敌（阴影）有一个良好的感觉。

用户期望

你觉得原作的用户对游戏改编有什么样的期待？你是如何

满足（或转移用户）这些期望的？你认为用户期望中最令人担忧或最难实现的方面是什么？

任务5——游戏设计文档，第1部分

选择你的一个概念文档（从任务1、3或4中），开始为游戏设计文档制定大纲。此任务是编写游戏设计文档的第一部分，涵盖游戏的故事、角色阵容和游戏世界，务求全面。把你的游戏名称放在游戏设计文档模板的标题上。

游戏设计文档是你游戏设计和故事后续开发的基础，所以要把它做好。请注意：

- 你的角色阵容不仅需要包括主角一方的角色，还需要包括对立方的角色。
- 关键地点是游戏世界中发生重要事件的地方。不要只给出地点的名称——简单描述一下地点，告诉大家那里发生了什么，以及它为什么对你的故事很重要。

使用此模板指导你的工作（记住在进行时删除斜体字！）

游戏设计文档大纲，第1部分

《游戏名称》

基础信息

（这些信息应主要来自你的概念文档。）

游戏

用一段话描述你的游戏。

类型

你的游戏适合采用什么游戏类型？

受众

你的游戏的目标受众是谁？

独特卖点

你的游戏有什么特点？它与别的游戏有什么不同？玩家会喜欢它的什么？你的游戏中有什么能吸引玩家并让游戏重复可玩的独特卖点？

故事

在这里，你可以向我们详细介绍你的游戏故事以及玩家在其中的位置。每一个游戏都需要一个故事，即使它只针对开发团队。

情节

你的故事里发生了什么？至少给我们一个你的故事的基本轮廓，包括开头和结尾。

玩家角色

告诉我们你的故事中玩家角色的身份——背景、动机、目标等。如果可能的话，加入玩家的概念图或一张来自其他游戏的图像，让我们对玩家有一定的了解。

对手

谁或什么是阻碍玩家向最终目标前进的主要力量？这个角色的目标是什么？他是如何实现这些目标的？

其他角色

在你的故事中还有谁？他们的目的是什么？他们做了什么？

故事载具

告诉我们你将如何向玩家展现你的故事。是否会有与非玩家角色的对白（文字或语音）？将带有故事的文本页面作为对玩家成就的奖励，还是过场动画？

游戏世界

在这里向我们介绍你的游戏世界。尽可能完整地填写所有类目。如果游戏需要，可以添加其他类目。

环境

描述玩家在游戏中将遇到的环境。概念图和/或来自其他游戏的图像可以帮助传达这一点。

关键地点

描述你的世界中的关键地点——故事重要情节发生的地方。

游戏流程

玩家如何体验你的游戏世界？世界各地如何连接？包括玩家进入游戏世界各区域的顺序。注意：确保区域之间的连接符合逻辑或在你的故事背景中有意义！

互动性

玩家可以在游戏世界中做什么？他们如何与游戏世界互动？在此列出一些交互式物品、道具和位置的示例。此外，玩家可

以通过何种方式与游戏世界中的居民进行互动?

训练

你的游戏中是否有训练关卡/区域?如果有，请在此处进行描述。如果不是，玩家如何学习操作方法和玩游戏?训练关卡是否有助于让玩家熟悉游戏世界和他/她的电脑?

地图/布局

在这里描述你的世界的布局——游戏世界的关卡、环境或区域之间如何连接，玩家如何在你的世界中前进。包括一个显示此布局的地图或图像。

任务 6——原创短篇故事

以你正在开发的游戏世界为背景，写一篇 2～5 页的原创短篇故事。记住，故事是关于人物/角色以及他们如何引起或应对周围世界的事件的，让这个故事与游戏中的一个或多个重要角色有关。它可以是关于你世界中的任何人，不一定是你游戏中的主角。这个故事应该能让读者深入了解你的游戏世界和居住在其中的人。

任务 7——游戏设计文档，第 2 部分

这项作业是完成从任务 5 开始的游戏设计文档的第 2 部分。填写以下模板部分，补充游戏设计所需的基本信息。游戏设计文档是你游戏设计和后续开发的基础，所以让它尽可能全面。将游戏设计文档的第 1 部分添加到第 2 部分的前面，这样你的游戏设计文档就完成了，尽管是一个初步成果。

游戏设计文档大纲，第2部分

《游戏名称》

游戏玩法

这是展示你的游戏玩法的地方。玩家如何与你的游戏世界、背景、角色、物品、建筑等互动？告诉我们玩家在游戏中可以采取的主要行动。如果游戏设计需要添加新条目，请补充在下面。

通过阅读本部分，读者会对你预期的玩家体验有很好的了解。

玩家体验

玩家在游戏中的体验是怎样的？你想激发玩家的哪些情绪或反应？

玩家角色动作

玩家在游戏中可以做什么？他们如何与游戏世界及其角色互动？

玩家角色最终目标

玩家在游戏中的最终目标是什么？他们想完成什么？当他们到达终点时，奖励是什么？

敌人

这些都是阻碍玩家前进的有生命的障碍。玩家的敌人是谁？他们想要什么？他们会做什么？等等。这些敌人有等级制度吗？如果有，谁领导他们？概念图或来自其他游戏的图像将有助于

我们了解这些敌人。

战斗

战斗是如何运作的？玩家如何对抗对他们任务不利的力量？（如果战斗不符合游戏主题，也可以，但一定要告诉我们哪些角色或物品会阻碍玩家完成任务，以及玩家是如何克服困难的。）

障碍

玩家在游戏中会遇到哪些无生命的挑战？

物品、道具、武器等

玩家可以通过拾取或其他方式与哪些无生命物体交互？这些交互是如何运作的？请在此处详细说明环境中任何可交互的部分。

重复可玩性

你的游戏的重复可玩性如何？什么使它重复可玩？如果没有，那就试着努力让它变得如此。

艺术风格/美学

你的游戏的外观和感觉如何？你希望为玩家营造什么样的氛围？给你的故事所发生的环境增加一些视觉效果。请务必描述你在此处添加的图像，告诉团队中的环境设计师和关卡设计师每个图像对游戏意味着什么。

另外，一定要为角色艺术风格提供图像。

注意：本节必须包括原创概念图像或其他游戏中的图像/屏幕截图/概念，以展示你所追求的艺术风格。

根据需要在此处创建子条目。

用户界面/控制

玩家如何与游戏世界及其中的角色、物品和环境交互？当玩家正在玩游戏时，你会向他/她提供哪些信息和能力？

界面

你将在屏幕上为玩家显示哪些信息？包括游戏过程中用户界面的草图。

菜单

你为玩家提供了哪些菜单和功能（例如，库存、日志、装备/载具）？这些功能都应该能够提升玩家体验。包括你预想的每个菜单的草图或图像。

信息

游戏世界如何向玩家传达信息？这个过程是通过对白、文字信息、口头通知、屏幕上的图像和效果等实现的吗？

音乐和音效

告诉我们你的游戏设计中的音频组件。请记住，音频与视觉、故事和游戏玩法相结合，有助于为玩家体验创造统一的主题。

音乐

描述你预想的游戏音乐的大致风格、你试图营造的氛围以及你希望音乐对玩家产生的影响。针对游戏的每个不同区域，给出音乐应该传达的情绪/氛围的建议。

音效

让我们了解能够在游戏中触发音效的事件类型、玩家/非玩家角色动作等。还要列出游戏每个不同区域的独特环境声音（背景声音），以传达该区域的感觉（例如，工业区域的机械和卡车声音）。

任务 8——故事与游戏玩法

在这项作业中，从你的游戏设计文档工作中退出来，考虑一下已发布的游戏是如何将故事与游戏玩法整合（或未能整合）的。对于你选择的 IP（例如《行尸走肉》第 1 季第 1 集），写一篇 2～4 页的论文，讨论开发团队如何通过整合故事和游戏玩法来创造玩家体验。

把这篇论文看作一篇应具有足够说服力的文章。在开头段陈述你的论点（这款特定的游戏在整合故事和游戏玩法方面是否做得很好），在中间部分展示你的论据（从游戏中举出例子来证明你的观点），然后用一个或两个结论段作为总结，重申你对这个游戏的看法。

请注意，你选择的游戏必须有一个重要的故事！

任务 9——故事和角色发展

从任务 5 中的游戏设计文档故事部分开始，更全面地扩展这些部分。简要描述故事的主要节奏或场景。你不必把故事完全充实起来，只要把它带到下一个发展阶段，添加场景和情节就可以了。

用强大的角色阵容来填充你的故事，赋予每个人物一个背景、动机、身份以及与其他人物的关系，在故事的双方（主角的一方和对手的一方）各发展一个强大的阵容。让这些角色为我们而活，让他们看起来像我们关心的真实的人，而不是纸片人。

将所有这些工作呈现在一个单独的“故事和角色”文档中。将角色信息放在文档末尾的“角色”部分。

此作业没有页数限制。

任务 10——动画脚本

编写两个动画脚本，与你在游戏设计文档中开发的游戏相配合。使用剧本格式。这两个脚本中的第一个用于游戏的开头动画，第二个用于游戏的结尾部分。每篇应该有 2～5 页长。

作为示例，我添加了我为游戏《惩罚者》编写的动画脚本的链接。

你也可以使用来自互联网的简短脚本作为示例。

请记住，你的脚本应该传达美术设计师、关卡设计师、动画师、声效设计师和其他开发人员创建此动画所需的信息。

任务 11——对手故事

在游戏故事中，对手是主角旁边最重要的角色，他们可能比主角更能推动故事的发展。

在这项作业中，写一篇 2～4 页的故事，为玩家提供对主角对手的性格、动机和背景的新的了解。让我们看看是什么让他们这么做的。

不管你是用第一人称还是第三人称写主角对手的故事，只要我们能看到他们的内心世界就可以。我们需要看到主角的对手不是一个只有在作为主角对立面时才有价值的纸片人。

任务 12——任务文档

为游戏开发三项任务/使命。确保这些内容能够补充你最初的设计，并向玩家呈现故事和角色。这些任务对玩家来说应该是有意义的（而不仅仅是获取任务），并且它们应该能够推进故事的发展。确保你创建的任务展示了玩家在游戏中期望的游戏玩法。

每项任务都应该突出你为游戏设计的不同类型的游戏玩法。第一项任务可能以探索为中心，第二项任务是通过与一系列非玩家角色对白来解决一个谜团，第三项任务是通过与敌人战斗来解决问题。

不必写出人物在任务过程中的实际对白，只需要包括对玩家在任务中获得的故事和角色信息的总结，以及是谁传达了这些信息。

使用下面的模板指导你的工作。如果格式和内容不符合你的预期任务，请随意修改。

任务模板

在文档的开头添加一段话，为读者介绍游戏的基本内容——关于游戏类型、故事等的几句话，为读者提供任务的背景。

任务名称

给你的任务起个名字，暗示它的目的或最终结果，不要太明显。

任务类型

这是一项什么样的任务——杀戮、送货（交付）等。

成功的标准/原则

目标是什么？玩家需要完成什么才能获得成功？

背景

在你的游戏世界中，这项任务在哪里发生？这一背景对玩家和任务有何影响？

故事地点

在整个故事中，这项任务发生在何处？

涉及的角色

列出玩家在这项任务中将遇到的角色，以及每个角色的游戏玩法和/或目的。

故事目的

玩家在这项任务中经历了故事的哪一部分？他们接收到了什么信息，或他们学到了什么？

游戏玩法目的

这项任务给玩家带来了什么障碍/困难？他们完成这项任务时需要什么技能、知识或物品？

其他

关于你的任务的任何信息如果不符合已有条目，请放在

这里。

任务通关

从头到尾带领我们完成这项任务。列出任务中每个值得注意的步骤，告诉我们何时何地遇到哪个角色，写出相应的对白，描述玩家遇到的任何障碍或发现，等等。到最后，我们应该觉得我们对你的任务了如指掌。

这是我创建的一个任务文档，作为给学生的示例。

任务——当我垂死的时候

任务名称

当我垂死的时候

任务类型

这是一项探索任务，旨在寻找特定的器物。战斗以及与非玩家角色互动是任务的核心。

成功的标准/原则

目标是找回两件无价的神秘器物——精灵主角维拉纳斯的剑和盔甲。

背景

任务从黑石镇的布朗毒蛇旅馆开始。主角和同伴们前往阿尔巴斯森林。森林深处是古老的精灵城市扎诺鲁姆的废墟。在废墟的某个地方躺着主角寻找的器物。该背景决定了玩家为了达到目标所必须经历的旅程，以及途中遇到的危险。

故事地点

这项任务在游戏中途被提供给玩家。只要玩家在黑石镇参观了布朗毒蛇旅馆，就可以接到这个任务。

涉及的角色

如果玩家选择尝试这项任务，他们将会拥有（匹配）以下同伴。

穆斯尔——矮人小偷

雷根爵士——人类圣骑士

齐尔纳尔——人类法师

贝特——精灵神职人员

威米尔——半兽人祭司

达莫索尔——半身人小偷

布拉斯顿——人类战士

故事目的

这个任务引导玩家探索黑石镇的传说和历史。在阿尔巴斯森林中，玩家遇到了这个地区特有的生物。当地人讲述了森林精灵的故事，以及他们的伟大城市——现在已经沦为废墟。人们讲述着废墟中宝藏的故事，以娱乐当地人和游客。如果玩家进行这项任务，他们会发现森林中的致命危险，以及为什么古老的精灵宝藏仍然被留在那里。

游戏玩法目的

这项任务会让玩家和一些之前不相识的同伴一起踏上旅程。玩家与他们的互动效果可以决定他们的友好程度，他们透露什么信息或背景故事，以及遇到危险时他们是逃跑还是打架。

这一任务突出了战斗和探索的机制。完成任务后，玩家可以获得两个强大的魔法神器，并触发使敌人力量增强的机制。

任务通关

玩家进入黑石镇，听说布朗毒蛇旅馆是可以收集当地谣言的地方。

在旅馆里，玩家无意中听到一位名叫穆斯尔的当地人在谈论宝藏正等着那些勇敢的人去探索这座古老的精灵之城。

几个非玩家角色吵着要加入穆斯尔的队伍，一起寻找宝藏。如果他们愿意，玩家可以加入。

如果玩家加入，上面列出的队伍便完成了组建。队伍出发了。

从黑石镇出发前往森林，有一天的路程。在前往森林的途中，会发生一两次偶然的遭遇。

到达森林后，队伍沿着一条杂草丛生的小路进入森林。

一小时后，一群巨型蜘蛛袭击了队伍。

又过了一个小时，会遇到一群半人马，他们会立即发起攻击。

队伍遇到了一道很深的峡谷，只能通过一座摇摇晃晃的木绳桥跨越峡谷。

当队伍中的非玩家角色争论是否要冒险上桥时，一群女妖发起攻击，试图将队伍撞入深渊。

如果队伍通过了这座桥，这条小路会引导他们经过一堆仍在燃烧的篝火。在离篝火不到一米的范围内，队伍会被一种火焰元素攻击。

沿着小路又走了一个小时，队伍进入了扎诺鲁姆废墟的郊区。

探险队通过探索废墟来到了古城的中心，偶然的遭遇使探险活动活跃起来。

最后，在中心广场的一座建筑物的深处，人们发现了这座城市的古代宝库。

宝藏的守护者——一个阴影元素——必须被击败、欺骗或避开，玩家才能获得传说中维拉纳斯的神器。

返回黑石镇的路上充满了与来时相当的危险。

任务13A——第三篇短篇故事

编写另一个发生在游戏世界中的原创短篇故事。记住，故事是关于人物/角色的。让这个故事讲述一个对你的故事很重要的人物，而**不是**你故事中的主角或对手。理想情况下，故事将发生在你在先前故事中没有探索过的游戏区域。

这个故事应该能让读者更深入地了解你的游戏世界以及游戏中的人物。

任务13B——修改短篇故事

他们说，写作就是重写。谁说的？每一个以写作为生、关心作品质量的人。

选一则你在这门课之前写过的短篇故事，对其进行大幅度的修改。利用从我和你在工坊讨论中的同学那里收到的反馈来帮助推动这次修改。你的故事应该会在这次更新后大放异彩！

任务 14——修改游戏设计文档

现在是时候把所有内容放在一起了，把你为游戏设计所创作的全部内容整合在一起。利用你收到的反馈和你在游戏中获得的新见解，为游戏设计文档的所有元素添加更多深度和细节，游戏设计文档的每个部分都应该被更新和扩展。把自己想象成是在为开发团队成员提供他们开发游戏所需的信息。

我期望你们对游戏设计文档所有部分进行重大修改，每一部分都应该从其原始状态开始得到增强和扩展。

没有页数限制。

任务 15——反思报告

这是你最后的作业。写一篇 2～4 页的论文，回顾你在这门课上的经历——你学到了什么，你最喜欢这门课的什么，你最不喜欢的是什么，你希望我们做什么，以及任何有助于改进这门课的建议。告诉我你在这门课上的收获与你的期望相比如何。

和你们给出的所有反馈一样，一定要提到你们觉得进展顺利的地方和你们认为对你们有帮助的地方，以及你们觉得本可以更好的方面。欢迎提出任何改进建议！

这不应该是一件繁重的杂务，只要告诉我什么地方进展顺利、什么地方没有、我应该为未来的课程保留什么、我应该改变什么。

叙事设计任务Ⅱ

这是两门序列叙事课程中的第二门。课程的重点是帮助学生创建一款互动小说游戏，通常使用 Twine2 软件。前四周是一次合作体验，学生们四人一组合作。

任务 1——互动小说游戏概念文档

为你想要制作的互动小说游戏创建篇幅为一页纸的概念文档。使用概念文档模板（在前面叙事设计任务Ⅰ的任务 1 中给出）来描述你的游戏概念。模板中的斜体字有助于你填写每个部分，输入内容时将其删除！务求简洁，所以请将篇幅保持在一页纸内。

关于合作项目的注意事项：初始课程为期四周，每组四名学生，以合作的方式完成各自的共享世界项目。

在第一周，小组中的每个人都为各自的互动小说游戏创建一页概念文档，交由工坊活动中互相审议，然后将各自的概念传递给工坊小组中的另一个成员，为其编写故事（任务 2）。这些游戏故事在接下来的一周被回顾，然后每一个概念/故事的组合被传递给下一个人，这个人负责为这个概念和故事设计一个适合的游戏世界，作为下周的任务（任务 3）。这些文档再由小组审议，然后将每个概念/故事/世界组合传递给每个小组中最后一个没有为特定组合编写任何内容的人，这个人负责写开头和结尾的脚本，以此来开启和结束这个游戏的故事（任务 4）。

在为期四周的合作项目结束时，每个小组都拥有四套互动小说游戏的基础文档（概念、故事、世界和脚本）。小组中的每个人都为每个游戏贡献了不同的部分，每个人都写了一个概念文档、一个故事、一个游戏世界和一套动画脚本，但每个任务都是针对不同的游戏。

编写每个概念的人都会获得以该概念开头的四个文档集。他们可以借鉴其他团队成员贡献的想法，开始自己的游戏设计。这个过程强调了游戏开发的协作性以及在他人成果的基础上进行开发的必要性，而不是对别人的工作不管不顾，只坚持自己的想法。

下面是这个过程接下来的三项作业。

任务 2——添加一个故事

每个学生从他们小组中的另一个学生那里获取概念文档，并开发游戏的故事和角色阵容。生成的文档（不包括原始概念）应该有 2～6 页长。

以你的同学在概念文档中所做的工作为基础。请记住，你正在根据原始概念中的简短剧情介绍创建游戏的故事。故事如何开始，如何结束，以及在这两点之间发生了什么。如果想要更容易的话，请随意使用项目符合格式。这是一种合作，所以要扩大你的同学所做的工作，而不是把它烧掉，从头开始！

同时，为游戏故事设定一个简短的角色阵容——主角、对手以及支持这两个主要角色的角色。

任务 3——添加一个游戏世界

本周，每个学生都将使用其他人所创造的概念/故事的组合，并为其添加有关游戏背景的信息。告诉我们游戏世界的总体情况，玩家在其中经历的区域，以及重要故事或游戏玩法元素出现的关键位置。让这个游戏世界充满生机是你的工作!

请记住，你所创建的背景需要与其他人提出的游戏概念和故事相适应，并确保它适用于互动小说游戏。

任务 4——添加过场动画

这是我们合作项目的最后一周。本周，为你的团队成员制作的游戏撰写开场和结尾过场动画。每个学生都把其他人已经完成的概念/故事/场景组合起来，并编写两个过场动画脚本。第一个用于玩家打开游戏时，向他们介绍游戏世界、玩家和起始位置；第二个用于玩家通关游戏时，以一种令人满意和有益的方式结束故事和游戏。

再一次强调，你的工作必须建立在你的团队成员的创造性努力之上。确保你的工作与他们的工作相吻合，引导玩家进入故事和游戏，并以令人满意的方式结束游戏。

请注意，你的互动小说游戏很可能没有真正的过场动画。但是，通过创建这些脚本，你可以将自己对游戏应该如何被介绍给玩家以及游戏应该如何结束的想法添加进去。

任务 5——分析一款互动小说游戏

根据下面的示例试玩一款互动小说游戏，并写一篇 2～4 页的故事和游戏玩法分析。思考你将要制作的游戏的要点。

- 太空服（http://ifdb.tads.org/viewgame?id=1mfe25emkc3o1eo9）。
- 浮冰之下（https://bravemule.itch.io/beneathfloes）。
- 冒险（http://ifdb.tads.org/viewgame?id=fft6pu91j85y4acv-点击“在线游戏”）。

- 护路人（https://moralanxietystudio.com/-向下滚动以下载机器的演示，虽然写得不是特别好，但图像让它更有趣）。
- 你自己选择的互动小说游戏（必须有故事和玩家选择）。
  - 请注意，互动小说游戏数据库（IFDB）网站有很多互动小说/文本冒险游戏可供选择！

任务 6——游戏设计文档

为互动小说游戏开发游戏设计文档。从你为任务 1 创建的概念开始，或者从你写的新概念开始。你可以自由地将你的团队成员之前添加的故事、游戏世界和过场动画的想法整合到一起。使用以下模板指导你的设计规划。

互动小说游戏设计文档大纲

《游戏名称》

基础信息

游戏

用一段话描述你的游戏。

类型

你的游戏适合采用什么游戏类型？

受众

你的游戏的目标受众是谁？

独特卖点

你的游戏有什么特点？它与别的游戏有什么不同？玩家会

喜欢它的什么？你的游戏中有什么能吸引玩家并让游戏重复可玩的独特卖点？

故事

在这里，你可以向我们详细介绍你的游戏故事以及玩家在其中的位置。每一款游戏都需要一个故事，即使它只针对开发团队。

情节

你的故事里发生了什么？至少给我们一个你的故事的基本轮廓，包括开头和结尾。

玩家角色

告诉我们你的故事中玩家角色的身份——背景、动机、目标等。玩家试图在你的游戏中完成什么？

敌人（对手）

谁或什么是阻碍玩家向最终目标前进的主要力量？这个角色的目标是什么？他是如何实现这些目标的？

其他角色

在你的故事中还有谁？他们的目的是什么？他们做了什么？

游戏玩法

这是展示你的游戏玩法的地方。玩家如何与你的游戏世界、背景、角色、物品、建筑等互动？告诉我们玩家在游戏中可以采取的主要行动。通过阅读本节，读者会对你预期的玩家体验

有很好的了解。

玩家体验

玩家在游戏中的体验是怎样的？你想激发玩家的哪些情绪或反应？

玩家角色动作

玩家在游戏中可以做什么？他们如何与游戏世界及其角色互动？你希望在互动小说游戏中融入什么游戏机制？

玩家角色最终目标

玩家在游戏中的最终目标是什么？他们想完成什么？当他们到达终点时，奖励是什么？

敌人

这些是阻碍玩家前进的有生命的障碍。玩家的敌人是谁？他们想要什么？他们会做什么？等等。这些敌人有等级制度吗？如果有，谁领导他们？

战斗

你的游戏里会有战斗吗？如果有，它是如何运作的？玩家如何对抗对他们任务不利的力量？（如果战斗不符合游戏主题，也可以，但一定要告诉我们哪些角色或物品会阻碍玩家完成任务，以及玩家是如何克服困难的。）

障碍

玩家在游戏中会遇到哪些无生命的挑战？

重复可玩性

你的游戏的重复可玩性如何？什么使它重复可玩？如果没有，那就试着努力让它变得如此。

游戏世界

在这里向我们介绍你的游戏世界。如果游戏需要，可以添加其他类目。记住，你对游戏中地点的描述将是你向玩家传达游戏世界外观和感觉的方式！

环境

描述玩家在游戏中将遇到的环境。

互动性

玩家可以在游戏世界中做什么？他们如何与游戏互动？在此列出一些交互式物品、道具和位置的示例。

关键地点

描述你的世界中的关键地点——故事重要情节发生的地方。

游戏流程

玩家如何体验你的游戏世界？世界各地如何连接？玩家遇到游戏世界各部分的顺序如何？注意：确保区域之间的连接符合逻辑或在你的故事背景中有意义！

地图/布局

添加一张地图或图像，以直观描述玩家将体验到的游戏世界的布局。

任务 7——流程图

流程图用于向玩家详细展示互动小说游戏中，他们如何在游戏故事中从一个空间到另一个空间。你可以使用 Twine2 软件快速生成流程图；也可以使用地图绘制应用，比如 Trizbort（https://trizbort. genstein. net/）；你还可以亲自手工绘制，为其拍照，并将照片插入你提交的文档中。

任务 8——开始开发

现在开始通过 Twine2 软件创建你的 IF 游戏。依照你在游戏设计文档中制订的计划去做，但也不必过分受其拘束。你游戏的实际发展会大大超越计划，而这是游戏开发过程的一部分。

任务 9～13——迭代周期：游戏测试和修改

接下来几周的任务是继续开发你的游戏。所有学生的游戏都会在课上交由全班测试，因此你的游戏版本将会一周比一周变得更丰富、更好。修改文本并确保为玩家提供足够的选择，对这项工作至关重要。

任务 14——互动小说游戏最终版本

为本课程上交你的互动小说游戏的最终版本。

任务 15——反思报告

请参见上文叙事设计Ⅰ课程中的反思报告作业（任务 15）。

模拟游戏设计任务

在本课程中，学生们将学习游戏设计的原则，然后制订自己的模拟游戏（棋盘游戏、纸牌游戏或桌面角色扮演游戏）的制作计划。课程的后半部分用于实施这些计划，将他们的游戏带入课堂，每周进行测试。他们的游戏会变得一周比一周完善精致。

任务 1——评论教学大纲

你的第一项任务是在课程大纲里“蹚雷”。仔细阅读大纲，试着挑错，但也要对我们这学期可能会遇到的困难做好准备。仔细阅读教学大纲，并牢记以下指导原则：

- 你认为哪周最有趣？
- 你认为哪周最无趣？
- 你认为你最喜欢的任务是什么？
- 你认为你最不喜欢的任务是什么？
- 教学大纲中有什么意想不到的内容吗？
- 有什么你不想看到的吗？

任务 2——游戏系统和游戏机制分析

选择一款你本周玩过的模拟游戏。描述游戏系统和游戏机制，并将两者结合起来营造玩家体验，讨论他们如何互动，并建议改进现有系统以及添加据以改进游戏的新系统。

添加一个“高级”或“可选”的游戏机制层级，即：你认为能够提升资深玩家的游戏体验，但同时又能保持原始游戏机制的感觉。

任务 3——分析作为玩家的自我

写一篇 2～4 页的论文，分析作为游戏玩家的自我，使用巴特尔分类法和 Quantic Foundry 模型（https://quanticfoundry.com/），以确定你在各种游戏类型中的动机。

在使用巴特尔分类法分析自己时，考虑你在至少两种不同类型的游戏中的动机，无论是数字的还是模拟的。你会发现，你对每种类型的游戏都有不同的动机。一定要为每个动机给出百分比，并确保它们加起来是 100%！

对于本任务的 QF 部分：访问 QF 站点。在右上角，有一个名为“实验室”的链接，点击该链接。向下滚动链接以获取棋盘游戏动机档案的调查（在页面右侧），单击该链接并回答调查问卷。

最后，你将看到一张图表，上面描述了主要动机和次要动机，阅读对各种动机的解释以及图表告诉你的内容。右键单击图表并保存，或者将其剪切并粘贴到你为任务 3 编写的文档中。

在你的论文中最后给出一个结论，告诉我们你对这两种分析自己作为玩家的方法的想法，告诉我们你认为哪种方法最能代表你真正的玩家本性。

任务 4——概念文档

为你感兴趣的游戏创建两份篇幅为一页纸的概念文档。这意味着两个完全独立的游戏理念，每个都在自己的概念文档中得到了描述。

使用下面的概念文档模板概述你的游戏概念。模板中的斜体字有助于你填写每个部分，请确保在输入内容时将其删除！简洁在这里很重要，所以每个概念只需一页。

记住：将每个概念文档的篇幅控制在一页纸之内。不要用小字体或窄边距作弊！简明扼要，明确什么是最重要的内容，将其传达给目标受众（忙碌的高管、烦闷的营销人员和工作过度的游戏开发者）。

概念文档模板——模拟游戏

游戏标题

给你的游戏起个名字！在填写完模板的其余部分后再填写此项。

目标受众

你的游戏是为谁设计的？谁将喜欢呢？

主要设想

用几句话描述你的游戏。

类型

这是什么类型的游戏？它和什么样的游戏类似？

描述

描述游戏的外观和感觉。简要描述游戏世界、玩家在其中的位置等。提供比上文中的“主要设想”部分更多的细节。

故事

你的游戏的故事是什么？为什么玩家会出现在这里？他/她在做什么？他/她的最终目标是什么？（即使游戏中没有明确的故事、人物和对白，也应该有玩家的背景和目标。）

背景/环境

列出并简要说明游戏发生的背景/环境。玩家在游戏中会看到什么？他/她将要去哪里？

特点/游戏玩法

列出游戏的重要特点，并举例说明其玩法。本节应是对上文中的“描述”部分的补充，而不是重复。列一个项目清单会很有效。这种游戏玩法如何匹配你的故事和背景？

独特卖点

你的游戏的独特卖点是什么？它与其他游戏有什么不同？

格式

你在这门课上要开发的是棋盘游戏、卡牌游戏、混合游戏、角色扮演游戏还是其他类型的游戏？

任务 5——游戏设计文档，初始版本

从你编写的一份概念文档开始，使用下面提供的模板为该游戏创建一份游戏设计文档。虽然这是你第一次详细介绍你想要的游戏，但要尽可能全面。在下一项作业中，你将根据同学和老师的反馈修改并扩展此内容。

游戏设计文档大纲

《游戏名称》

基础信息

（此页的大部分内容应来自你的概念文档。）

游戏

用一段话描述你的游戏。

类型/体裁

这是什么类型的游戏（棋盘游戏、卡牌游戏、角色扮演游戏、混合游戏等）？你的游戏属于哪种类型？

受众

你的游戏的目标受众是谁？

独特卖点

你的游戏有什么特点？它与别的游戏有什么不同？玩家会喜欢它的什么？你的游戏中有什么能吸引玩家并让游戏重复可玩的独特卖点？

故事

在这里，你可以向我们详细介绍你的游戏关于什么以及玩家在游戏中的目标是什么。每一个游戏都需要一个故事，甚至象棋也有一个故事。

背景故事

是什么让游戏达到了使玩家愿意进入游戏的程度？你的游戏的故事是什么？玩家是如何进入故事的？

玩家和他们的目标

玩家在你的游戏中想做什么？他们扮演什么角色？他们的最终目标是什么？（例如，在《大富翁》中，玩家扮演潜在地主的角色，试图买下他们所能买下的所有地产。他们的最终目标是迫使其他玩家破产。）

其他故事元素

如果你的游戏中还有其他故事元素，请在此处描述它们。

游戏玩法

这是展示你的游戏的玩法的地方。玩家可以在你的游戏中做什么？他们如何彼此互动？在你的游戏中，玩家会遇到什么事情？通过阅读本节，读者会对你预期的玩家体验有很好的了解。

游戏玩法基础

请概述一下你的游戏的主要玩法。（例如，在《风险》中，主要玩法是与其他玩家争夺游戏棋盘上领土的控制权。）

游戏系统

请告诉我们你的游戏的游戏系统，并简单描述每一个系统。（例如，移动是大多数游戏中的一个重要的系统，玩家间的战斗

或冲突是另一个系统。）

游戏机制

对于上述提到的每个游戏系统，请告诉我们它是如何运作的。（例如，《大富翁》中的移动系统是由玩家滚动两个骰子并在棋盘上移动一定数量的单位空间，然后以各种方式与他们最终到达的空间进行互动。）

玩家互动

模拟游戏将人们聚集在一张桌子前进行游戏。因此，玩家之间的互动对于模拟游戏玩法来说至关重要。简要描述玩家在游戏中的所有互动方式。

挑战

你的游戏给玩家带来了什么挑战？

道具和装备

玩家可以通过拾取或其他方式与哪些无生命物体交互？这些交互是如何运作的？请在此处详细说明环境中任何可交互的部分。

游戏玩法示例

告诉我们玩家会在回合中遇到什么？他们可以采取什么行动？回合是如何运作的？

重复可玩性

你的游戏的重复可玩性如何？什么使它重复可玩？

物理组件

尽可能多地告诉我们你为游戏计划的物理组件（游戏棋盘、纸牌、纸片等）。如果你的游戏需要，可以添加其他组件。

游戏棋盘

你的游戏是否有一个实体的桌面，要么总是相同的，要么因游戏而异？如果有，请告诉我们。

卡牌

告诉我们任何你计划在你的游戏中放置的卡牌，它们在游戏中的作用是什么，它们可以用来做什么，等等。

其他组件

你的游戏中还有哪些物理组件？游戏中是否有角色卡、军队、代币、货币等？

游戏棋盘布局

如果你的游戏有一个棋盘，在这里添加一个草图。你可以用手粗略地画出草图，给它拍张照片，然后把照片嵌入这个文档。或者你可以在 Paint 或其他应用程序中绘制它。

艺术风格/美学

你的游戏世界的外观和感觉如何？添加一些视觉效果，让我们能了解你想要的游戏的美术风格。可以是原创概念图像，也可以是其他游戏的图像/截图，能够呈现出你想要的美术风格。

任务 6——游戏设计文档，第二版

对于这项任务，修改并扩展你在任务 5 中创建的游戏设计文档。你已收到有关设计计划的反馈，利用这些反馈来填补漏洞，添加缺失的机制，并扩展游戏设计。原始游戏设计文档的每个部分都应该得到进一步的开发。让你的游戏设计文档成为你开发游戏的基础。

任务 7——初始原型

你已经制订了计划，并收到了反馈。花一周时间准备好你的游戏，让其他人来测试。

一周的时间对于让所有的游戏机制准备好进行测试是非常短的。想想你游戏玩法真正的核心机制，首先努力让它具有可玩性。在接下来的几周里，每周为游戏添加新功能，同时修改和改进现有机制。

注意：你的游戏必须为玩家制定一套书面规则！以下是你的规则指南列表。

游戏规则

游戏规则应包含以下元素。通过使用部分名称作为标题（例如，故事/简介、组件列表等）来分隔规则的每个部分。

组成部分

故事/简介——玩家正在做什么，他们的目标是什么。

组件列表——游戏的所有部分。

组织方式——如何设置和准备怎么玩。

如何开始——如何开始游戏。

回合顺序——玩家在回合中可以做的事情。

如何玩——有关游戏机制如何运作的详细信息。

如何赢——总结胜利的条件，具体来说是如何赢得你的游戏。

高级/可选规则——一旦玩家掌握了基本操作，就可以决定加入更多游戏机制。

总体思路

从给玩家讲一个简短的故事开始——游戏是关于什么的，玩家在游戏中做什么，他们的目标是什么。

- 确保在游戏中说明玩家的目标！
- 不需要花哨或虚构，只是游戏的内容。

思考玩家在玩游戏时需要知道什么。

- 他们首先需要知道什么？这就是你在简短介绍之后的开始。
- 设置
- 关于如何操作的一般规则。
- 玩家在回合中做事的顺序。

保证你的规则简洁、直接、切中要害！

- 不要表现得可爱，把规则放在角色的声音里，或者诸如此类的东西。

• 保证你的句子和段落足够简短！

• 在这个阶段，采用梗概形式（项目符号）为佳。

正如你的游戏在这个阶段的其他内容，你会得到很多反馈，并做出很多改变。

• 不要担心无法让规则变得完美，只要让它们变得容易理解就可以了。

决定什么游戏机制是你的游戏玩法的核心。

• 这就是你游戏的基本内容。

其他都是可以在之后再添加的，也许是玩家在掌握基本规则后添加的可选或高级规则。

在这一阶段，将基本规则纳入规则表。其他的可以在之后，当你得到反馈、修补问题、迭代游戏时再做。

任务 8～14——迭代周期：游戏测试和修改

接下来几周的任务是根据大家的反馈继续开发你的游戏。所有学生的游戏都会在课上交由全班测试，因此你的游戏将会一周比一周变得更丰富、更好。修改文本并确保足够的玩家选择，对这项工作至关重要。

任务 15——最终游戏和修订版游戏设计文档

这样，你的期末作业应附上打印出来的游戏规则副本的游戏最终版本和游戏设计文档的更新版本。你需要修改和更新游戏设计文档以反映游戏的最终状态，要将你在过去八周内所做的任何更改和增强融入其中，这些内容应该有很多。理想情况下，你已经花了几周时间修改游戏设计文档。

一份经过修订的游戏设计文档展示了一款经过良好测试的游戏设计，对于任何想进入游戏行业的人来说，它都是一个有价值的作品集附加内容。做好它！

如果你的游戏中有一些方面你无法达到，你可以把这些放在游戏设计文档末尾的注释中，即“未来修订”部分。

任务 16——反思报告

参见前文中叙事设计Ⅰ课程中的最终任务。

世界观设计任务

任务 1——世界观设计分析

选择一款数字游戏进行分析，重点关注它的世界观设计——背景、故事、角色、冲突、动作和能使世界变得生动的事件。然后写一篇 2～5 页的论文，分析游戏设计的上述方面。

写论文时假设读者从未玩过这款游戏。不需要讲得太详细，但要确保我们能够明白要点。

使用此处的问题提示指导你的分析。

游戏世界分析提示

撰写分析时，考虑你所选择游戏的以下方面。记住，你提出的任何观点都应该有一个具体的事实或例子作为支撑。下面的问题不是让你给出机械的“是”或“否”的回答，它们将帮助你描述游戏世界及其对玩家体验的影响。

背景

这款游戏的物理环境是什么？

它是什么类型的世界，玩家会遇到什么地形和生物群落？

这个游戏世界的地形和物理布局如何影响情绪/氛围？

告诉我们游戏世界中的一些重要区域。

背景如何影响故事和人物或与之互动？

在一款开发完善的游戏中，背景是故事的重要组成部分，给人的感觉就像故事中的一个角色，它的存在感是如此强烈。（想想电影《闪灵》中的瞭望酒店。）你选择的游戏的背景在这方面做得如何？

故事——游戏的故事是什么？用几段话告诉我们整个情节。

角色——（简要地）告诉我们故事中的主要人物，他们在故事和游戏玩法中扮演什么角色，他们的后续发展是怎样的，以及玩家与他们有什么样的互动。这个游戏的玩家扮演什么角色？

冲突

游戏中的主要冲突是什么？

谁推动了这场冲突？谁是冲突中的主要角色？

玩家在这场冲突中扮演什么角色？玩家是否在故事中有代理权（自由意志），或者他/她对故事几乎没有影响？

游戏中有哪些较小的冲突（子情节）？

事件——故事中发生了哪些主要事件，玩家在其中扮演了多大的角色？每个主要事件对故事的方向和玩家意味着什么？

结束语——在最后一段为我们总结所有内容。你所讨论的所有元素如何协同运作以提供玩家体验？

你不必盲目地遵循上述提示，也不必按照给定的顺序处理它们。请随意以你认为最合适的方式撰写你的分析。

任务 2——分析作为玩家的自己

写一篇 2～4 页的论文，分析作为游戏玩家的自己，使用巴特尔分类法和 Quantic Foundry 模型（https://quanticfoundry.com/），以确定你在各种类型的游戏中的动机是怎样的。

在使用巴特尔分类法分析自己时，考虑你在至少两种不同类型的游戏中的动机，无论是数字的还是模拟的。你会发现，你对每种类型都有不同的动机组合。一定要为每个动机写明百分比，并确保它们加起来是 100%！

在你的论文中，最后给出一个结论，告诉我们你对这两种分析作为玩家的自己的方法的想法，告诉我们你认为哪种方法最能代表你真正的玩家本性。

任务 3——概念文档

为你感兴趣的游戏创建两份各一页的概念文档。两份文档的游戏理念完全独立，分头描述。

使用下面的概念文档模板概述你的游戏概念。模板中的斜体字有助于你填写每个部分，请确保在输入内容时将其删除！务求简洁，每个概念只需一页。

记住：将每个概念文档控制在一页纸之内。不要用小字体或窄边距作弊！简明扼要，明确什么是最重要的内容，将其传达给目标受众（忙碌的高管、烦闷的营销人员和工作过度的游戏开发者）。

概念文档模板——游戏世界

游戏名称

给你的游戏起个名字！如果需要的话，你可以在填写完模板的其余部分后再填写此项。

目标受众

你的游戏是为谁设计的——哪种类型的玩家？你的游戏将通过传达怎样的内容去吸引这些玩家？

主要设想

用几句话描述你的游戏世界。

描述

描述游戏世界的外观和感觉（氛围细节）。简要描述背景、玩家在其中的位置等。提供比上文中的“主要设想”部分更多的细节。

故事

你的世界中有什么故事？游戏世界中将发生什么影响玩家体验的事件？为什么玩家会出现在这里？他/她在做什么？他/她的最终目标是什么？

背景/环境

列出并简要说明游戏世界中的一些的背景/环境。玩家在游戏世界中会看到什么？他/她将要去哪里？

特点/游戏玩法

列出游戏世界的重要玩法特点。本节应是对上文中的“描述”部分的补充，而不是重复。列个项目清单会很有帮助。这种游戏玩法如何匹配你的故事和背景？

独特卖点

你的游戏世界的独特卖点是什么？它与玩家在其他游戏中体验到的世界有什么不同？

任务 4——游戏设计文档，第 1 部分

选择你创建的一份概念文档，将下面的模板作为指导，编写一份游戏设计文档大纲。这将是游戏设计文档的第一部分，涵盖

游戏世界的故事、角色阵容和背景，努力使它尽可能全面，至少在游戏设计文档模板的当前标题中为你的世界设置一个暂定名称。

游戏设计文档是世界观设计和故事后续发展的基础，所以要把它做好。给你的同学一些可靠的信息和想法，让他们对此做出反馈。

以下是游戏设计文档第 1 部分的模板。

游戏设计文档大纲，第 1 部分

《游戏世界名称》

基础信息

（此信息应主要来自你的概念文档。）

你的世界

用一段话描述你的游戏世界。

受众

你的游戏的目标受众是谁？在这一类型的游戏中，他们想要获得什么？

独特卖点

你的游戏世界有什么特点？与别的类型的游戏有什么不同？玩家会喜欢它的什么？你的世界里有什么会让玩家感到惊讶并让游戏重复可玩的独特卖点？

故事

在这里，你可以向我们详细介绍你的游戏世界的故事以及

玩家在其中的位置。每一个游戏项目都需要一个故事，即使它只针对开发团队。

情节

你的故事里发生了什么？至少给我们一个你的故事的基本轮廓，包括开头和结尾。

玩家角色

告诉我们你的故事中玩家角色的身份——背景、动机、目标等。如果可能的话，加入玩家的概念图或一张来自其他游戏的图像，向我们介绍你想要的玩家的感觉。

敌人（对手）

谁或什么是阻碍玩家向最终目标前进的主要力量？这个角色的目标是什么？他是如何实现这些目标的？

其他角色

在你的故事中还有谁？他们的目的是什么？他们做了什么？

故事手段

告诉我们你将如何向玩家传达你的故事。是否会有与非玩家角色的对白（文字或语音）？将带有故事的文本画面作为对玩家取得成就后的奖励，还是过场动画？

游戏世界

在这里告诉我们你的游戏世界（背景）。尽可能完整地填写所有类目。如果游戏需要，请添加其他类目。

环境

描述玩家将在你的游戏世界中遇到的环境。概念图和/或来自其他游戏的图像可以帮助传达这一点。

关键地点

描述你的游戏世界中的关键地点——故事重要情节发生的区域。

居民

告诉我们你的游戏世界中居民的情况。那里生活着什么样的生物、怪物和人类？他们住在哪里？如果你愿意的话，可以将这些信息合并到“环境”部分，列出游戏世界中每个区域的居民。

游戏流程

玩家如何体验你的游戏世界？你将如何为玩家展现你的世界？注意：确保区域之间的连接符合逻辑或在你的故事背景中有意义！

互动性

玩家可以在你的游戏世界里做什么？他们如何与游戏世界互动？在此列出一些交互式物品、道具和位置的示例。另外，玩家可以通过何种方式与你所建世界中的居民互动？

地图/布局

在这里描述你的世界的布局——区域之间如何连接，玩家如何在你的世界中前行，包括展示此布局的地图或图像。如果你的文档中包含一个粗略的地图，它将帮助评论者更好地了解

你的游戏的背景。(第一版游戏设计文档的这一部分不需要地图，但当你在完成的游戏设计文档上进行修改时，地图将是必要的。)

任务 5——游戏设计文档，第 2 部分

本周的作业是完成游戏设计文档的第 2 部分。填写以下模板，完善游戏设计所需的基本信息。游戏设计文档是你的游戏设计和故事推进的基础，所以尽可能让它全面一些。

为了完整起见，将游戏设计文档的第 1 部分添加到第 2 部分的前面。因此，你的文档现在是完整的游戏设计文档（第 1 部分和第 2 部分）。你可以随意地进行第 1 部分（故事、角色和游戏世界）的编辑，但你的得分将严格取决于你在第 2 部分所做的工作。如果你对此有任何疑问，请发电子邮件给我。

这是游戏设计文档第 2 部分的模板。

游戏设计文档大纲，第 2 部分

《游戏名称》

游戏玩法

这是展示你的游戏玩法的地方。玩家如何与游戏世界、背景、角色、物品、事件等互动？告诉我们玩家在你的设计中可以采取的主要行动。如果需要，请在下面添加新类目。通过阅读本节，读者会对你预期的玩家体验有很好的了解。

玩家体验

玩家在游戏中的体验是怎样的？你想激发玩家的哪些情绪或反应？

玩家角色动作

玩家在游戏中可以做什么？他们如何与游戏世界及其角色互动？

玩家角色最终目标

玩家在游戏中的最终目标是什么？他们想完成什么？当他们到达终点时，奖励是什么？

敌人

这些都是阻碍玩家前进的有生命的障碍。玩家的敌人是谁？他们想要什么？他们做了什么？等等。这些敌人有等级制度吗？如果是，谁领导他们？概念图或来自其他游戏的图像将有助于读者对这些敌人有一些直观感受。

战斗

战斗是如何运作的？玩家如何对抗对他们任务不利的力量？（如果战斗不符合游戏主题，也可以，但一定要告诉我们哪些角色或物品会阻碍玩家的任务，以及玩家是如何克服困难的。）

障碍

玩家在游戏中会遇到哪些无生命的挑战？（例如谜题、需要克服的物理障碍等。）

物品、道具、武器等

玩家可以通过拾取或其他方式与哪些无生命物体交互？这些交互是如何运作的？请在此处详细说明环境中任何可交互的部分。

重复可玩性

你的游戏的重复可玩性如何？什么使它重复可玩？如果没有，那就试着努力让它变得如此。

艺术风格/美学

你的游戏世界的外观和感觉如何？你希望为玩家营造什么样的氛围？给你的故事所发生的环境增加一些视觉效果。请务必描述一下你在此处添加的图像，告诉团队中的环境设计师和关卡设计师每个图像对游戏而言意味着什么。

另外，一定要为角色艺术风格提供图像。

注意：本节必须包括原创概念图像或其他游戏中的图像/屏幕截图/概念，以展示你所追求的艺术风格。

根据需要在此处创建子类目。

用户界面/控制

玩家如何与游戏世界及其角色、物品和环境交互？当玩家正在玩游戏时，你会向他/她提供哪些信息和能力？思考你的用户界面，在这里告诉我们有关它的细节。

界面

你将在屏幕上为玩家显示哪些信息？在文档中加入游戏过

程中用户界面的草图。请注意，不同的情况通常需要不同的界面。用于作战的用户界面与用于对话的用户界面大不相同，而用于对话的用户界面又与用于解谜的用户界面大不相同。想想玩家在你的游戏中能做些什么，什么样的界面能更好地传达他们需要的信息。

菜单

你为玩家提供了哪些菜单和功能（例如，库存、日志、装备/载具）？这些功能都应该能够提升玩家体验。在文档中加入你计划的每个菜单的草图或图像。

信息

游戏世界如何向玩家传达信息？这个过程是通过对白、文字信息、口头通知、屏幕上的图像和效果等实现的吗？

音乐和音效

告诉我们你的游戏设计中的音频组件。请记住，音频与视觉、故事和游戏玩法相结合，有助于为玩家体验创造统一的主题。

音乐

描述你预想的游戏音乐的大致风格、你试图营造的氛围以及你希望音乐对玩家产生的影响。针对游戏的每个不同区域，给出音乐应该传达的情绪/氛围的建议。

音效

让我们了解能够在游戏中触发音效的事件类型、玩家/非玩

家角色动作等。还要列出游戏每个不同区域的独特环境声音（背景声音），以传达该区域的感觉（例如，工业区域的机械和卡车声音）。

任务 6——游戏设计文档修订版

你现在已经完成了游戏设计文档的第 1 部分和第 2 部分。理想情况下，你已经开始借助反馈修改游戏设计文档。

现在，仔细检查你的整个游戏设计文档，扩展你之前的想法，修补别人指出的漏洞，尽可能全面地完善你的游戏世界设计。这是游戏开发的最后一个前期制作阶段，所以要尽可能彻底。在这个阶段所做的改变仍然是廉价和容易的。一旦开始创建游戏，所做的更改将更加困难和耗时。

如果你有不确定的想法，仍然把它们放在这个游戏设计文档中，这样其他人就可以给你反馈。把问题放在那里，让你的评论者帮你解决。

任务 7——初始游戏世界实施

这项任务代表了从预生产到生产的过渡。现在是开始实施过去几周制订的设计计划的时候了。

使用你选择的游戏开发应用程序（如 RPG Maker、Unity、Unreal 等），在你想要的游戏中创建初始关卡。至少，要有一个大致的世界布局，供评论者探索并提供有用的反馈。

你应该在这里展示你游戏世界中的重要部分——它可能是许多粗糙的地形和建筑，或者是一小部分带有脚本和对白的非玩家角色，或者是其他一些组合。它不需要打磨，也不需要接近成品质量，只需要大量可以帮助评论者给你反馈的元素。

任务 8～12——游戏测试和改进

每周，带一个相比上周体量更庞大、内容更丰富、打磨更精致、明显更好的游戏世界版本到课堂上，交由同学们进行游戏测试，他们将提供反馈，帮助你改进游戏世界。

任务 13——游戏世界的最终版本

在课程的最后一周，上交你这几周构建的游戏世界的最终版本，我们会进行最后一轮的游戏测试，让学生们给你最后一组反馈。

任务 14——更新版游戏设计文档和反思报告

修改你很久之前创建的游戏设计文档，以反映你游戏的最终状态。将你在过去八周所做的任何更改和增强融入其中，这类内容应该有很多。

修改后的游戏设计文档准确呈现了你在过去几周努力创建的游戏设计，这对于任何想要进入游戏行业的人来说，都是一种有价值的附加内容。加上你的概念文档（这也需要一个编辑过程）和实际做出来的游戏，这三个元素显示了你从产生最初的想法到实施的进展。务必做好这件事！

如果你的游戏中有一些方面你无法实现，你可以把这些放在游戏设计文档末尾注释中的“未来修订”部分。

关于本任务的反思报告，请参见前面的叙事设计任务Ⅰ课程中的最终作业。

数字游戏设计导论任务

这些作业是我在韦伯斯特大学教授数字游戏设计的入门课程时的作业。这门课的学生几乎没有制作游戏的经验，但最终他们都有了自己的作品集。

任务 1——分析作为玩家的自己

写一篇 2～4 页的论文，分析作为游戏玩家的自己，使用巴特尔分类法和 Quantic Foundry 模型（https://quanticfoundry.com/），以确定你在各种类型的游戏中的动机是怎样的。

在使用巴特尔分类法分析自己时，考虑你在至少两种不同类型的游戏中的动机，无论是数字的还是模拟的。你会发现，你对每种类型都有不同的动机组合。一定要为每个动机写明百分比，并确保它们加起来是 100%！

在你的论文中，最后给出一个结论，告诉我们你对这两种分析作为玩家的自己的方法的想法，告诉我们你认为哪种方法最能代表你真正的玩家本性。

任务 2——行动后报告

在这项作业中，学生们将完整地玩一遍他们所选择的数字游戏，记录游戏时间、体验和想法。游戏结束后，他们会写一份 5～6 页的报告，其中包括游戏日志的总结。

这是一项为期三周的作业。建议学生不要等到最后几天才开始，因为这项作业需要十个或更多个小时才能完成（包括玩游戏、记录游戏内容和撰写体验分析）。

使用此模板作为编写报告的指南。

行动后报告（AAR）模板

在接下来的三周里，玩一款自己选择的数字游戏。选择一款至少需要你花十小时去玩的游戏，不要选择太简单或太容易的。试着选择一款你以前没有玩过或还没有通关的游戏。

尽量在接下来的三周内通关你所选择的游戏，这样你就可以从头到尾给出一份完整的报告。

做报告时请遵循此安排。

第1部分：概述

你玩的游戏的名字、发行的年份、是谁制作的。

对游戏做一个简要概述——它是什么类型的游戏，你为什么选择玩它，等等。

这款游戏的受众是谁，游戏瞄准的是什么人。

你玩这款游戏大概花了多少小时。

第2部分：游戏记录

在这一部分，记录你的游戏时间。记下你开始和停止游戏的时间，然后写下每次玩游戏时所做的事情。

例如

2018年2月21日星期日：上午11：15开始，下午2：00结束（2.75个小时）。从《世界2》-2开始。杀死约60名敌

人，获得11枚硬币。死了五次，感到沮丧，两次扔掉了控制器。发现了三间密室。两个小时后完成《世界2》-2，开始《世界2》-3。大约完成了一半，不得不退出去上课。

记录每一次游戏过程和发生的事情。告诉我们你对屏幕上发生的事情有什么感觉，你对发生的事情有什么想法，哪些地方可以做得更好，你学到了什么，等等。如果游戏中有故事元素，告诉我们你经历了故事的哪些部分。

第3部分：总结

在这一部分，总结你的游戏体验。你喜欢这款游戏吗？结局如何？你喜欢它的什么？你不喜欢它的什么？提出改进游戏中你不喜欢的部分的建议。

这一部分应该是1～2页，包括你对游戏的想法、它的故事性和游戏性。不要只写一个简单的总结——在这里加上你的想法，你经历了什么，你感觉如何，你喜欢什么、不喜欢什么，等等。

任务3——数字游戏分析

选择一款足够复杂的数字游戏（即至少包含五个主要游戏系统），并对其进行2～3页的分析。像《植物大战僵尸》或者《10 000 000》这样的游戏都是不错的选择，你可以任意选择任何你想要的复杂游戏。

对游戏进行总体概述，然后描述游戏系统、如何操作它们、它们彼此间如何交互以及每个系统如何影响游戏玩法。

对现有系统或可以添加一些要素以改善玩家体验的系统提出改进建议。

使用此处的提示指导你的论文。

数字游戏分析——提示

当你写下你的分析时，考虑你选择的游戏的以下方面。

基础信息——游戏名称、开发者、类型、游戏概述等。

目的——玩家在这款游戏中需要做什么？他们的目标是什么？

故事——游戏的故事是什么？（所有游戏都有一个故事，即使它只是对玩家在游戏中追求的东西的概括。）

互动性——如果这是一款多人游戏，玩家之间会发生什么互动？如果是单人游戏，玩家与非玩家角色之间有什么互动？

游戏玩法——告诉我们游戏机制，即游戏是如何运作的。体验的核心是什么系统或机械？（例如，在《马里奥赛车》中，核心机制是围绕赛道行驶，拿起并使用电源，以及与其他玩家/AI互动）。任何你想在这个游戏中加入的关于游戏机制的想法？

好的，坏的，令人不快的——你喜欢这款游戏的什么，不喜欢什么？你认为有哪些方面需要改进？你希望开发者能将哪些新内容融入游戏？

总结你的体验——你对这场游戏感觉如何，为什么？在最后一段为我们总结一下。

请注意，你不必盲目地遵循上述提示；如果你确实遵循了这些提示，也不必按照给定的顺序处理它们。请随意以你认为最合适的方式编写游戏分析。

任务4——概念文档

为你感兴趣的游戏创建一份篇幅为一页纸的概念文档。在你选择的数字游戏开发应用上创建它。

使用下面的概念文档模板描述你的游戏概念。模板中的斜体字有助于你填写每个部分，请确保在输入内容时将其删除！务求简洁，所以将篇幅控制在一页纸之内。

注意：简明扼要，明确什么是需要传达给目标受众（忙碌的高管、烦闷的营销人员和工作过度的游戏开发者）的最重要的内容。

概念文档模板

游戏名称

给你的游戏起个名字！在填写完模板的其余部分后再填写此项。

目标受众

你的游戏是为谁设计的？谁会喜欢呢？

主要设想

用几句话描述你的游戏。

类型

这是什么类型的游戏？它和什么样的游戏类似？

描述

描述游戏的外观和感觉。简要描述游戏世界、玩家在其中的位置等。提供比上文中的“主要设想”部分更多的细节。

故事

你的游戏的故事是什么？为什么玩家会出现在这里？他/她在做什么？他/她的最终目标是什么？（即使游戏中没有明确的故事、人物和对白，也应该有玩家的背景和目标。）

背景/环境

列出并简要说明游戏的背景/环境。玩家在游戏中会看到什么？他/她将要去哪里？

特点/游戏玩法

列出游戏的重要特点，并举例说明其玩法。本节应是对上文中的“描述”部分的补充，而不是重复。列一个项目清单会很有效。这种游戏玩法如何匹配你的故事和背景？

独特卖点

你的游戏的独特卖点是什么？它与其他游戏有什么不同？

任务5——游戏设计文档

从你编写的概念文档开始，使用下面提供的模板为你的游戏创建一份游戏设计文档。虽然这是你第一次详细介绍你想要的游戏，但要尽可能全面。这将是你创建游戏的基础。

游戏设计文档大纲

《游戏名称》

基础信息

游戏

用一段话描述你的游戏。

类型

你的游戏适合采用什么游戏类型?

受众

你的游戏的目标受众是谁?

独特卖点

你的游戏有什么特点? 它与别的游戏有什么不同? 玩家会喜欢它的什么? 你的游戏中有什么能吸引玩家并让游戏重复可玩的独特卖点?

故事

在这里,你可以向我们详细介绍你的游戏故事以及玩家在其中的位置。每一款游戏都需要一个故事,即使它只针对开发团队。

情节

你的故事里发生了什么? 至少给我们一个你的故事的基本轮廓,包括开头和结尾。

玩家角色

告诉我们你的故事中玩家角色的身份——背景、动机、目标等。如果可能的话，加入玩家的概念图或一张来自其他游戏的图像，向我们介绍你想要的玩家的感觉。

敌人（对手）

谁或什么是阻碍玩家向最终目标前进的主要力量？这个角色的目标是什么？他是如何实现这些目标的？

其他角色

在你的故事中还有谁？他们的目的是什么？他们做了什么？

故事工具

告诉我们你将如何向玩家传达你的故事。是否会有与非玩家角色的对白（文字或语音）？将带有故事的文本画面作为对玩家取得成就后的奖励，还是过场动画？

游戏玩法

这是展示你的游戏玩法的地方。玩家如何与游戏世界、背景、角色、物品、事件等互动？告诉我们玩家在你的游戏中可以采取的主要行动。如果需要，请在下面添加新类目。

通过阅读本部分，读者会对你预期的玩家体验有很好的了解。

玩家体验

玩家在游戏中的体验是怎样的？你想激发玩家的哪些情绪

或反应？

玩家角色动作

玩家在游戏中可以做什么？他们如何与游戏世界及其角色互动？

玩家角色最终目标

玩家在游戏中的最终目标是什么？他们想完成什么？当他们到达终点时，奖励是什么？

敌人

这些都是阻碍玩家前进的有生命的障碍。玩家的敌人是谁？他们想要什么？他们做了什么？等等。这些敌人有等级制度吗？如果有，谁领导他们？概念图或来自其他游戏的图像将有助于我们了解这些敌人。

战斗

战斗是如何运作的？玩家如何对抗对他们任务不利的力量？（如果战斗不符合游戏主题，也可以，但一定要告诉我们哪些角色或物品会阻碍玩家完成任务，以及玩家是如何克服困难的。）

障碍

玩家在游戏中会遇到哪些无生命的挑战？

物品、道具、武器等

玩家可以通过拾取或其他方式与哪些无生命物体交互？这

些交互是如何运作的？请在此处详细说明环境中任何可交互的部分。

重复可玩性

你的游戏的重复可玩性如何？什么使它重复可玩？如果没有，那就试着努力让它变得如此。

游戏世界

在这里向我们介绍你的游戏世界。尽可能完整地填写所有类目。如果游戏需要，可以添加其他类目。

环境

描述玩家在游戏中将遇到的环境。概念图和/或来自其他游戏的图像有助于传达这一点。

关键地点

描述你的世界中的关键地点——故事重要情节发生的区域。

游戏流程

玩家如何体验你的游戏世界？世界各地如何连接？包括玩家进入游戏世界各部分的顺序。注意，确保区域之间的连接符合逻辑或在你的故事背景中有意义！

互动性

玩家可以在游戏世界中做什么？他们如何与游戏世界互动？在此列出一些交互式物品、道具和位置的示例。

训练

你的游戏中是否有训练关卡/区域？如果有，请在此处进行描述。如果没有，玩家如何学习控制方法和玩游戏？训练关卡是否也有助于让玩家熟悉游戏世界和他/她的电脑？

地图/布局

在这里描述你的世界的布局——游戏世界的关卡、环境或区域如何连接。包括一个显示此布局的地图或图像。

艺术风格/美学

你的游戏世界的外观和感觉如何？你希望为玩家营造什么样的氛围？给你的故事所发生的环境增加一些视觉效果。

注意：本节必须包括原创概念图像或其他游戏中的图像/屏幕截图/概念，以展示你所追求的艺术风格。

根据需要在此处创建子类目。

用户界面/控制

玩家如何与游戏世界及其中的角色、物品和环境交互？当玩家正在玩游戏时，你会向他/她提供哪些信息和能力？

界面

你将在屏幕上为玩家显示哪些信息？包括游戏过程中用户界面的草图。

菜单

你为玩家提供了哪些菜单和功能（例如，库存、日志、装

备/载具）？这些功能都应该能够提升玩家体验。包括你预想的每个菜单的草图或图像。

信息

游戏世界如何向玩家传达信息？这个过程是通过对白、文字信息、口头通知、屏幕上的图像和效果等实现的吗？

音乐和音效

告诉我们你的游戏设计的音频组件。请记住，音频与视觉、故事和游戏玩法相结合，有助于为玩家体验创造统一的主题。

音乐

描述你预想的游戏音乐的大致风格、你试图营造的氛围以及你希望音乐对玩家产生的影响。针对游戏的每个不同区域，给出对音乐应该传达的情绪/氛围的建议。

音效

让我们了解能够在游戏中触发音效的事件类型、玩家/非玩家角色动作等。还要列出游戏中每个不同区域的独特环境声音（背景声音），以传达该区域的感觉（例如，工业区域的机械和卡车声音）。

任务6——初始数字游戏原型

是时候实施你制订的游戏设计计划了！前期制作计划已经结束，现在是时候开始创建你的游戏了。这个原型可以作为一个单独项目创建，也可以将其放置于一个组合中创建。

对于这项任务，提交你的数字游戏的初始可玩原型（在Scratch、Twine2、RPG Maker等中）即可。不要太担心这个阶段的情况，集中精力将游戏玩法融入你的游戏中。

任务7～9——游戏测试和修改

每周，带一个相比上周体量更庞大、内容更丰富、打磨更精致、质量明显更好的游戏世界到课堂上，交由同学们进行游戏测试，他们将提供反馈，帮助你改进游戏世界。

任务10——最终数字游戏原型

这项任务需要你提交数字游戏的最终版本。利用过去几周收到的反馈，使你的游戏尽可能完整和完善。

任务11——还原项目提案

还原项目要求学生们3～4人一组，挑选一款数字游戏，将其“还原”为该游戏的模拟版本。这要求学生分析原始游戏的机制，明确玩家喜欢它的什么，然后厘清如何在游戏的模拟版本中复制这些机制。

在这项任务中，每个学生都将提交一份他们的团队将在本学期剩余时间内完成的还原项目的提案。每份提案应包含以下信息：

- 团队正在将数字游戏转换为模拟游戏。
- 关于该数字游戏的一些基本信息——它属于哪种类型，何时发布，等等（1～2段）。
- 计划带入模拟游戏设计中的数字游戏核心机制，以及你计划如何将其转换为模拟形式。

- 你的团队将创建何种类型的模拟游戏（如棋盘游戏、纸牌游戏、角色扮演游戏等）。
- 你希望你的游戏具有的组件——棋盘、卡牌、代币、货币等。
- 哪个团队成员将负责游戏的哪些元素。

任务 12——初始还原原型

这项任务是对每个团队的还原原型进行测试。团队负责将游戏的可玩版本带到课堂上。当然，这些游戏将仍旧处于粗糙的初始阶段，只需确保有一些重要的东西可以供同学们玩后给出反馈。这样下一节课时就可以带来一个更好的版本。

请务必携带：

- 至少两份游戏规则的打印版！这是游戏用户界面的主要组件，它需要向玩家传达游戏的“故事”和规则。
- 游戏所需的所有游戏板、卡牌等的粗略版本。
- 所有需要用到的骰子或其他部件。

任务 13～14——游戏测试和改进

每周带一个明显更好的游戏版本到课堂上，交由同学们进行游戏测试，他们的反馈将帮助你持续改进你的游戏。

任务 15——最终的还原原型

在课程的最后一周，上交你在过去几周里一直在做的还原原型的最终版本。我们将有最后一轮的游戏测试，让学生给你最后一组反馈。

任务 16——反思报告

参见前面的叙事设计Ⅰ课程中的最终作业。

高级概述任务

这门课只适合高年级学生。他们在课程中会被引导去创造一个顶点项目，展示他们在学校中所学到的所有技能，直接对标他们想要在游戏产业中从事的职业。

任务 1——初始关键任务导图

这门课的第一项作业是为你这学期要创建的项目制订计划。这个项目应该是你在韦伯斯特大学所有工作的顶点，展示你所学到的一切。它还应该直接针对你希望在游戏产业中获得的工作，以及你想要走上的职业道路。

你提交的文档将是项目里关键任务导图（MM）的初始版本。阅读下面的说明，并使用列出的部分作为安排关键任务导图的指南。

请注意，预计每个学生的初始关键任务导图将需要在下一周进行修改。

游戏 4620——关键任务导图说明

本文档将概述你整个学期的计划，最终完成你的顶点项目。

你的关键任务导图将由以下部分组成（将这些部分用作你在9月1日提交关键任务导图的模板）。

标题——在这里给你的项目一个标题，同时也要提及你是否选择在这个项目中与他人合作。

概述——用几段话总结你在本项目中的目标和计划。这会让读者对你的项目和最终目标有一个清晰的认识，包括玩家/观众的影响、你想要唤起的体验。

阶段——在大纲表格中，列出项目将遵循的从开始到完成的阶段计划。如果这是一个合作项目，告诉我们你负责了每个阶段的哪些部分。

元素和组成部分——无论是在上面的阶段中，还是在单独的部分中（以最适合你的项目为准），列出每个阶段所需的部件。

每周任务清单——作为“阶段”部分的细化，提供一份要点清单，列出你本学期每周计划完成的任务。这是从项目开始到完成的初始路线图。

最终产品——给出你对在这门课上为之努力的最终产品的一个清晰、简明的想法。你希望最终得到什么？

评估——这一顶点项目将如何帮助你实现预期职业生涯？你想在这里展示什么技能？具体一点。

关键任务导图要尽可能具体，这将对你大有裨益。

这是你对自己的承诺，制订一个详细的计划并努力坚持下去。

在本学期中，让你的关键任务导图成为一份活的文档。随着计划的改变和朝着最终目标的靠近，定期更新它。把它作为自我分析的工具，看看你是如何朝着目标前进的。这份修改后的文档也将在学期中提交，以正式更新你的计划，并记录对初始意图的任何更改。

任务 2——修改关键任务导图

利用你的同学和老师对你最初的关键任务导图的评价来进行修改，任何需要的附加信息都应该包含在本周提交的修订中。这基本上相当于你的顶点项目的规划/前期制作，是推动项目发展的路线图，以细节制胜！

任务 3～7——项目展示

每个学生需要每周在课堂上做一次展示，向全班汇报过去一周在项目上取得的进展。展示应在演示软件（Prezi、PPT 等）或游戏开发应用程序（Maya、Unity 等）中完成。

第一次报告应该主要向我们展示你在本学期的课程中计划做什么，随后的每次报告都要展示你已经完成的实际工作以及将要完成的工作。

通常可围绕以下元素组织你的展示：

- 对项目的简要概述。
- 为在学期末完成项目而制订的计划。

- 你在过去一周完成的工作。
- 项目的当前状态。
- 你计划在未来一周完成的工作（并在下一次报告中展示）。

这些展示的目的还在于让学生能够轻松地向一群人讲述自己和自己的工作。这是对求职面试的最佳练习，为此，学生们应学习以下内容：

- 直视观众的眼睛。
- 不照着稿子念。
- 让展示引人入胜、有趣。

在学期开始时这对你来说可能并不容易，但我们每周都会练习。

观众（你的同学和老师）在这里也有工作要做。每次展示后，学生应向展示者提出问题和建议。这将构成你在本课程中参与度分数的一部分。

任务 8——中期关键任务导图更新

还记得你在课程的前几周创建的关键任务导图吗？是时候重新审视它了。此任务要求你返回到上一个版本的关键任务导图并更新它。

- 进行调整，以反映你目前为止所做的工作。
  - 注意你在哪些地方领先、哪些地方落后于最初的预期。
- 评估你在目标上、在目标前或目标后（按照初始关键任务导图）的表现。
- 将本学期剩下的时间分解为每周需要完成的工作。
- 陈述你期望的结果，根据目前的工作完成情况和预期结果进行调整。

- 留出时间进行润色！

任务 9～14——项目展示

如任务 3～7 所述，学生们继续每周展示他们的高级项目的进度。

任务 15——最终项目展示

这是你展示你所有努力的最终结果的地方。给我们一个对你的项目的过程和历史的概述，从你开始计划到得到最终产品。谈谈你遇到的问题、你克服的挑战等。

任务 16——反思报告

参见前面的叙事设计任务 Ⅰ 课程中的最终作业。

创意写作书系

这是一套广受读者喜爱的写作丛书，系统引进国外创意写作成果，推动本土化发展。它为读者提供了一把通往作家之路的钥匙，帮助读者克服写作障碍，学习写作技巧，规划写作生涯。从开始写，到写得更好，都可以使用这套书。

综合写作		
书名	作者	出版时间
成为作家	多萝西娅·布兰德	2011 年 1 月
一年通往作家路——提高写作技巧的 12 堂课	苏珊·M. 蒂贝尔吉安	2013 年 5 月
文学的世界	刁克利	2022 年 12 月
创意写作大师课	于尔根·沃尔夫	2013 年 6 月
渴望写作——创意写作的五把钥匙	格雷姆·哈珀	2022 年 6 月
与逝者协商——布克奖得主玛格丽特·阿特伍德谈写作	玛格丽特·阿特伍德	2019 年 10 月
心灵旷野——活出作家人生	纳塔莉·戈德堡	2018 年 2 月
从创意到畅销书——修改与自我编辑	詹姆斯·斯科特·贝尔	2016 年 1 月
来稿恕难录用——为什么你总是被退稿	杰西卡·佩奇·莫雷尔	2018 年 1 月
虚构写作		
小说写作教程——虚构文学速成全攻略	杰里·克里弗	2011 年 1 月
开始写吧！——虚构文学创作	雪莉·艾利斯	2011 年 1 月
冲突与悬念——小说创作的要素	詹姆斯·斯科特·贝尔	2014 年 6 月
情节与人物——找到伟大小说的平衡点	杰夫·格尔克	2014 年 6 月
人物与视角——小说创作的要素	奥森·斯科特·卡德	2019 年 3 月
经典人物原型 45 种——创造独特角色的神话模型（第三版）	维多利亚·林恩·施密特	2014 年 6 月
情节线——通过悬念、故事策略与结构吸引你的读者	简·K. 克莱兰	2022 年 3 月
经典情节 20 种（第二版）	罗纳德·B. 托比亚斯	2015 年 4 月
情节！情节！——通过人物、悬念与冲突赋予故事生命力	诺亚·卢克曼	2012 年 7 月
超级结构——解锁故事能量的钥匙	詹姆斯·斯科特·贝尔	2019 年 6 月
如何创作炫人耳目的对话	詹姆斯·斯科特·贝尔	2016 年 11 月
如何创作令人难忘的结局	詹姆斯·斯科特·贝尔	2023 年 3 月
故事工程——掌握成功写作的六大核心技能	拉里·布鲁克斯	2014 年 6 月
故事力学——掌握故事创作的内在动力	拉里·布鲁克斯	2016 年 3 月
畅销书写作技巧	德怀特·V. 斯温	2013 年 1 月
30 天写小说	克里斯·巴蒂	2013 年 5 月
弗雷的小说写作坊——劲爆小说秘境游走	詹姆斯·N. 弗雷	2015 年 7 月
弗雷的小说写作坊——让劲爆小说飞起来	詹姆斯·N. 弗雷	2015 年 7 月
从生活到小说（第二版）	罗宾·赫姆利	2018 年 1 月

虚构写作		
小说创作谈	大卫·姚斯	2016年11月
写小说的艺术	安德鲁·考恩	2015年10月
成为小说家	约翰·加德纳	2016年11月
小说的艺术	约翰·加德纳	2021年7月
非虚构写作		
开始写吧！——非虚构文学创作	雪莉·艾利斯	2011年1月
写作法宝——非虚构写作指南	威廉·津瑟	2013年9月
故事技巧——叙事性非虚构写作（第二版）	杰克·哈特	2023年3月
光与热——新一代媒体人不可不知的新闻法则	迈克·华莱士	2017年3月
自我与面具——回忆录写作的艺术	玛丽·卡尔	2017年10月
写我人生诗	塞琪·科恩	2014年10月
类型及影视写作		
金牌编剧——美剧编剧访谈录	克里斯蒂娜·卡拉斯	2022年3月
开始写吧！——影视剧本创作	雪莉·艾利斯	2012年7月
开始写吧！——科幻、奇幻、惊悚小说创作	劳丽·拉姆森	2016年1月
开始写吧！——推理小说创作	劳丽·拉姆森	2016年7月
弗雷的小说写作坊——悬疑小说创作指导	詹姆斯·N. 弗雷	2015年10月
好剧本如何讲故事	罗伯·托宾	2015年3月
经典电影如何讲故事	许道军	2021年5月
童书写作指南	玛丽·科尔	2018年7月
网络文学创作原理	王祥	2015年4月
写作教学		
小说写作——叙事技巧指南（第十版）	珍妮特·伯罗薇	2021年6月
剑桥创意写作导论	大卫·莫利	2022年7月
你的写作教练（第二版）	于尔根·沃尔夫	2014年1月
创意写作教学——实用方法50例	伊莱恩·沃尔克	2014年3月
创意写作思维训练	丁伯慧	2022年6月
故事工坊（修订版）	许道军	2022年1月
大学创意写作·文学写作篇	葛红兵 许道军	2017年4月
大学创意写作·应用写作篇	葛红兵 许道军	2017年10月
小说创作技能拓展	陈鸣	2016年4月
青少年写作		
会写作的大脑1——梵高和面包车（修订版）	邦妮·纽鲍尔	2018年7月
会写作的大脑2——怪物大碰撞（修订版）	邦妮·纽鲍尔	2018年7月
会写作的大脑3——33个我（修订版）	邦妮·纽鲍尔	2018年7月
会写作的大脑4——亲爱的日记（修订版）	邦妮·纽鲍尔	2018年7月
奇妙的创意写作——让你的故事和诗飞起来	卡伦·本基	2019年3月
写作大冒险——惊喜不断的创作之旅	凯伦·本克	2018年10月
小作家手册——故事在身边	维多利亚·汉利	2019年2月
写作魔法书——让故事飞起来	加尔·卡尔森·莱文	2014年6月
成为小作家	李君	2020年12月
写作魔法书——28个创意写作练习，让你玩转写作（修订版）	白铅笔	2019年6月
有个性的写作（人物篇＋景物篇）	丁丁老师	2022年10月
北大附中创意写作课	李韧	2020年1月
北大附中说理写作课	李亦辰	2019年12月

Narrative Design：The Craft of Writing for Games by Michael Breault
ISBN：9780367191528

北京市版权局著作权合同登记号：01-2022-1687

图书在版编目（CIP）数据

游戏故事写作 /（美）迈克尔·布劳特（Michael Breault）著；许道军，孙小洋译. -- 北京：中国人民大学出版社，2023. 8

（创意写作书系）

书名原文：Narrative Design：The Craft of Writing for Games

ISBN 978-7-300-31921-6

Ⅰ. ①游… Ⅱ. ①迈… ②许… ③孙… Ⅲ. ①游戏—故事—文学创作 Ⅳ. ①I054

中国国家版本馆 CIP 数据核字（2023）第 125735 号

创意写作书系

游戏故事写作

［美］迈克尔·布劳特 著

许道军 孙小洋 译

Youxi Gushi Xiezuo

出版发行	中国人民大学出版社		
社　　址	北京中关村大街 31 号	**邮政编码**	100080
电　　话	010－62511242（总编室）		010－62511770（质管部）
	010－82501766（邮购部）		010－62514148（门市部）
	010－62515195（发行公司）		010－62515275（盗版举报）
网　　址	http://www. crup. com. cn		
经　　销	新华书店		
印　　刷	北京联兴盛业印刷股份有限公司		
开　　本	890 mm×1240 mm　1/32	**版　　次**	2023 年 8 月第 1 版
印　　张	7. 875 插页 2	**印　　次**	2024 年 10 月第 2 次印刷
字　　数	168 000	**定　　价**	59. 00 元